U0093252

KAWABATA YASUNARI

少年

川端康成

黃詩婷——譯

目次

一

今年我年屆五十，同時心理上覺得想紀念一下，便決定出版作品全集。湯之島的回憶用四十歲、五十歲這種十年的界線來畫分人生，不過是一種讓人方便感傷的方法，同時也有大半算是人類怠惰的性子使然，因此我並不想認為這就是精神上的真實狀況。然而人如果不被這種世俗之波濡溼，我想是很難在生前下定決心出版自己的全集的。

五十歲這個年齡，實際樣貌和感受究竟是怎麼樣的呢？想來任何人都無法正確地捉摸它吧。但這東西應該還是確實存在，而且年屆五十之人必然人人皆有。雖然這東西多半因人而異，但從時光洪流來看，或許五十歲的人並沒什麼不同。

而大家沒什麼不同，這樣的想法似乎也是一種救贖。

無論如何，我對於自己的年齡，還沒有試著好好思索過。這是由於我沒有找到思索的必要，抑或是我沒能遇到讓自己去思索的動機，又或者是我欠缺了去思索的智慧呢？

反而是孩提時代，我似乎曾想過這件事情。我那少年時期的悲哀中，帶著對於早逝的畏懼。父母親的早逝始終如影隨形伴著我。如今五十歲的我，已經比父母都多活了十年左右。雖然父母究竟是幾歲死的，我也記不清楚了……

沒想到自己還真能活到五十呢。我沒能足月，七個月大便出生了，爺爺奶奶都把我捧在手掌心上養。如此異常虛弱的孩子竟然能活五十年，或許光是這點我就該認為實在是令人喜出望外了。

而周遭屍橫遍野的感受對於五十歲的我來說，也是相當感慨。文學上的友人們陸陸續續都死了，即使大家都是比我更加硬朗之人。因為歷經過太多死亡，反而覺得我要是繼續活下去，說不定還能遇到些好事吧。相遇乃是難事，不別離又更加困難，若是能夠長命，想來也能夠與還活著的人再次相逢吧。

自我二十三歲第一次發表作品以來，歷經超過二十五年的作家生涯。能在五十歲的時候出版作品全集，在這極端變化無常的現代，或許也得當作是一種奇特的好運吧。

小學的時候祖父曾告訴我狩野元信[1]等人的故事，叫我要成為畫家。我原先也打算如此，不過中學二、三年級的時候，我告訴祖父，我要成為作家。我記得祖父說，那也好啊，因此我一直本持著初衷，不曾起過其他念頭。以這點來說，可以說是自己和人生都沒有誤了我本人。雖然我究竟有否生在最適合自己天分，也就是出生得恰逢其時這點，就令人有些懷疑了……

想來這也是年齡造成的。近來我養成一個習慣，看人會從他的生涯去看，看當下也會從歷史的流動去看。又或許是因為我曾經歷那場戰爭吧。明明是要衡量當下，卻會以過去與未來都包含在內的長時間尺度去度量。

有次我說，反正發生在人類身上之事都沒有什麼了不得的，年輕婦人聽了很是驚訝，我見她如此也是驚訝。不過放長目光看待人生、看待歷史，還有經歷過那樣的戰爭以後，對於人類的不幸或者悲運之類的想法，實在不得不有所改變。忍不住覺得，出生在哪個時代，很大程度影響了命運。

雖然我以小說家為業，但提到小說這東西，一般認為前有源氏物語，接下來可就跳到西鶴[2]了。倒也不是那些出生在鎌倉或者室町時代之人的錯。鎌倉室町之人，並不一定在人性或者天分上就劣於紫式部或者西鶴之流；與紫式部同在宮廷之中撰寫著漢文的男子們，也不一定思慮就比紫式部淺薄；西鶴前後時代的作家們，更不可能才能都遠遠不及西鶴。

戰時，空襲變得越來越猛烈以後，我在燈火管制的黑夜裡、在橫須賀線上樣貌淒涼的乘客當中，讀著源氏物語湖月抄[3]。和本使用的印刷版面較大，又是比較簡單的假名書寫，在當時微弱的燈火下讀起來比較容易。讀著我便想起，那顛沛流離的吉野朝[4]眾人，還有生於戰亂室町的諸人，也總是仔細閱讀源氏物語。因為聽見警報我便出去看看，在毫無一絲光明的小小山谷中，竟是滿盈著秋日抑或冬季冰冷月光之夜，現下閱讀的源氏物語在心頭飄蕩，我又試著將自心比作從前那些在悲境中閱讀源氏物語的古人，便覺得必須與這流傳下來的傳統共同活下去。

承久之亂[5]中的順德天皇曾說過，源氏物語是「前無古人後無來者」且「諸藝諸道皆收於此一作」。編寫了河內本[6]的源光行，在承久之亂時由於站在京都那一邊，差點就被判了死刑。比光行年長一歲、編寫青表紙本[7]的藤原定家，想必也遭受此亂波及。

吉野朝的後醍醐天皇、後村上天皇、其生母新待賢門院等人對於源氏物語的研究，還有長慶天皇的仙源抄[8]、戰敗後流離顛沛的南朝於源氏物語中讀到的吉野一帶山河，我也都彷彿能在這月光下看見。

應仁之亂[9]時那些宗教門派之人，以及各門下的連歌師等，旅途上也帶著源氏物語。還有那三條西實隆[10]抄寫的源氏物語[11]，慢慢由東海道往山陽道遠去的樣子也都描繪在我的腦海當中。我曾想過要把這由實隆書寫的源氏物語之旅寫成小說，但沒有辦到。對於那象徵東山時代的美少年將軍足利義尚感到獨特憐愛，或許是因為當時正逢敗戰。而我耽溺閱讀的，正是那些室町時代後半將軍們遭受悲慘命運捉弄的紀錄。

我出生於明治三十二年，在昭和二十三年時年屆五十歲。從源氏物語跳到西鶴，又會從西鶴跳到某個誰，而那個人是否和我生存在同樣的時代裡呢？這我還不知道。

二

人還活著就製作全集，通常就會請作者自己編輯，因此我幾乎要把二十五年來的舊稿子全看過一遍了。先前並沒有能夠把自己所有作品都過目一次的機會，如非必要，自己的作品實在無須重讀。自己的作品刊在雜誌之類的地方以後，我並不會馬上閱讀。要是沒過個一年半載的時間，讓感覺稍微柔化、模糊些，我一邊讀著就會鮮明地想起書寫時有多痛苦。

不過到了現在，我也能夠以較長的時間尺度來看東西了，因此把舊稿一次看一看，也湧上了始料未及的感懷。我的記憶不好、追憶也很貧乏，能像這樣不斷湧現過去的記憶或者回想起往事，對我來說是相當難得的經驗。

除了身為作家已經公開於世的東西以外，我這次也試著將以前寫下的東西都拿出來，主要是我中學時期的日記一類。果然我中學時代的小說有很多模仿人家的東西，不過在大正二年和三年、我十五歲到十六歲的春天，也就是中學二年級時的作文本子當中，抄了兩篇明治四十五年，我十四歲、小學六年級時的綴方[12]，這應該就是最早的了。

在〈箕面山〉及〈秋之蟲〉這兩個題目旁，還寫上了「拿甲上」，不過畢竟這是四十年前鄉下小學的綴方，只是相當普通且幼稚的文語，自然沒什麼可取，就連我自己也很意外竟然保存至今。

我曾幫忙盲眼的祖父與文盲的雇傭婆婆寫信，也找到了寫有那些信件草稿的手帳。賀年卡上祖父說：

「匆匆老拙已年屆七十五，尚且保得一命。」

從這點看來，這應該是我十六歲的時候。那年的一月八日，寫給我舅舅的信件則是以下內容。

記

一金四十六圓也　一月二月分

又另有一 金百三十圓也

乃至八月盂蘭盆前赤字分

確然收到　祖父署名

舅舅之名收

拜啟　日前拜託之赤字部分還請寄上。手頭實在困難。只用少許，您給的金額便明顯減少，實在沒有辦法。又八月店家結帳後月漸窮困，只得請購買物品處先記於帳上，現下金額已過於龐大。算起來一個月二十三圓中，米錢十圓，加上柴火木炭等其他雜用，還有雇傭的費用每月三圓，再加上各種工作要花的費用添一添，實在是完全不夠。還請憐憫並伸出援手。此窮苦之際老身謹記在心。老身自是節儉，每日只以湯配飯。除此之外再沒有吃其他東西。康成也每天只吃梅干，恐難保身體

健康，固夜晚用菜。讓您見笑了。　　草此

一月八日　　　　祖父署名

給舅舅及經理

追記。老身前日去訪時，承蒙種種親切談話，其後感到生活萬分安心。往後也還要多多拜託了。

我那過世母親的錢放在兩位舅舅那裡，我和祖父便靠著他們每個月送錢過來才得以生活。看這信件，得知大正三年是每月領二十三圓。祖父說他「只有喝湯」而我「只吃梅干」，應該是為了要拿到錢，而說得誇張了些。祖父也有和我商量，說要添些比較悲傷的言詞進去，但上頭寫的並非全是沒有根據的謊言。

祖父在這封信那年的五月二十四日夜晚死去。

在我的作品〈十六歲的日記〉當中寫的就是祖父死前那些日子，這也是為了要做全集，所以先前就已經揀出來的日記類作品。關於這

〈十六歲的日記〉由來，我是這麼寫的。

「這些日子以來，稿子一直活在舅舅倉庫一角的皮製提包當中，現在喚醒了我的記憶。這個提包是我那醫生父親出診時提的包包。我的舅舅最近由於經商失敗而破產，連房子都沒了。在他把倉庫交給別人以前，我去找了找有沒有什麼自己的東西還在裡頭，結果找到這個上了鎖的提包。用擺在一旁的舊刀劃破皮革，裡頭裝滿了我少年時代的日記。除此之外也包含這份日記。」

這裡說的舅舅，和前面那信件的舅舅是不同一位。信件的舅舅住在淀川南邊，而住在提包所在宅子的舅舅則是淀川北邊。

而且舅舅也沒有將宅子賣掉，是在舅舅死後，我的表兄將它賣掉的。或許因為是小說，所以我才寫是舅舅。提包裡塞滿日記也有些誇張，我想應該是不至於。會說「除此之外也包含這份日記」，應該是因為〈十六歲的日記〉是寫在稿紙上，和其他寫在本子上的日記並不一樣的緣故。

〈十六歲的日記〉原稿在重新抄寫並作為作品發表時，就已經燒毀了。這次拿出來這些看似無用的日記等東西，以前我不曾重讀，也沒有試著查過。心中多少有些眷戀，心想或許還會看的吧，結果就這樣將這些無用之物保存了三十年以上。出版全集正好有個機會可以把這些東西燒掉，也是過目一遍的機會。

比方說這次找到的〈十六歲的日記〉第二十二和二十三張稿紙，也是為了紀念先抄下來當成全集的「後記」，之後便趕緊把原稿撕一撕丟了。好像是之前在寫〈十六歲的日記〉這個作品的時候，這幾張被混去了其他地方。

雖然說是第二十二張和二十三張，不過我並非好好將字寫在稿紙的格子裡，而是完全一路順寫下去，根本沒在管格子，所以沒辦法計算字數，但終究是寫在稿紙上的。

寫在稿紙上的，除了〈十六歲的日記〉以外還有四五種。《第一谷堂集》是大正二年和三年，我十五與十六歲時的新體詩集；而《第二谷堂集》是同那兩年的作文集。接下來還有大正五年九月十八日到大正六年一月二十二日之間的日記。那時我十八、九歲，於大正六年上了中學。還有一篇名為〈湯之島的回憶〉的東西，是在二十四歲的夏天寫的。我在二十八歲時把這篇的前半部分重寫了一遍，完成作品〈伊豆的舞孃〉。後半寫的則是我住在中學宿舍時，愛慕同寢室少年的回憶。

我終於得到把這些無用東西都給燒掉的機會。

三

我的父親仿照浪華的易堂[13]，自號為谷堂。我的《谷堂集》名稱便是由此而來。這是一種少年的感傷。父親留下了許多刻著谷堂的印章，我的《谷堂集》封面和封底也都蓋上了不同的印章。

《第一谷堂集》是六十頁的線裝書，共有新體詩三十二篇。以題名為〈讀書〉的一篇七五調[14]六行詩最為古老，是明治四十五年一月的作品。在那首詩歌中提到，有人覺得我不斷買書是一種浪費，但那是因為我的內心有著希望與悲哀，那首詩歌即是非常孩子氣的抗議。那時我十四歲。

最後則是〈弔詩〉以及〈迎白骨〉這兩篇。〈弔詩〉是二十節的長詩。淀川北邊的表姊嫁給了久留米師團的騎兵中尉，在丈夫出征山東的時候死去。這是憑弔她的詩。根據詩文看來，表姊當時二十三歲、身懷第二個孩子。那是我在大正三年九月二十六日傍晚寫的作品。〈迎白骨〉是去迎接在九州火葬的表姊遺骨回到老家的詩，在九月三十日寫的。我十六歲時，祖父正如〈十六歲的日記〉當中寫的染病並在五月死去。我一個中學生也沒辦法自己住一間屋子，因此暑假就被接到舅舅家，從表姊遺骨回去的那個家搭火車去上學。

對於這位表姊，我有個從下頭仰望她「下顎」的年幼記憶。她有著白皙而略帶豐滿感的圓潤下顎，我覺得她是個美人。現在想想，這位表姊的兄弟們個個有著寬下巴，因此死去的表姊可能下巴也是這個形狀，但對我來說那卻像是一個柔軟而白皙的下顎浮現虛空之中。就好像是過去的天女像那種豐腴感，甚至有個光圈在那兒的感覺。我幾乎沒怎麼見過這位表姊，因此如今也只剩下這個記憶。

但是我的〈弔詩〉當中卻未曾詠嘆那下顎，只不過是將概念上的感傷句子一路排下去。《第一谷堂集》的詩，我原本想著這也算可愛，為了紀念就抄一兩首出來吧，但我的虛榮心卻不允許我這麼做。我怎麼會將這種無用之物保存了三十五年之久呢？想來應該還有許多像這樣毫無意義的過去，我就只是把它們保存著吧。

《谷堂集》的詩大多類似藤村[15]的調性，要說有什麼優點，大概就是還算是成功地模仿了一些藤村的語氣吧。晚翠[16]調性的東西，遠比藤村調性的東西來得差。

題名為〈藤村詩集〉的詩，算起來有四張稿紙。祖父死去的那夜，我在他的枕邊朗讀藤村詩集。為祖父守靈的時候，我也讀藤村詩集。藤村詩集就這樣深深刻劃在我的生涯當中。自我寄宿親戚家以後，早晚都讀藤村詩集，寫著拙劣的詩，感謝著藤村詩集、憧憬著島崎藤村的青春。

比方說〈未足詩人〉這首詩是在大正三年九月十四日習字課上寫的；〈藤村詩集〉這詩是在九月十七日國語課堂上寫的；〈迎白骨〉則是九月三十日幾何課的時候寫的——日期旁邊還添上了課堂名稱，這就是我的回憶中對於這《谷堂集》比較新的記憶。這些詩大部分都是在上課的時候寫的。還有一些是在圖畫課，或者英文作文課堂上寫的，不過看起來還是國語課上的最多。

當時還是個中學生的我總在課堂間，趁老師不注意時讀文學書籍，不過看來也是會找時間寫這類新體詩。但詩本身幾乎毫無價值，沒有一句是發自我本身的詩魂。

四

集結了作文的《第二谷堂集》是將三十六張稿紙裝訂在一起的本子，這是我中學二年級時的東西，應該是為了要提交作文給學校，所以事先打的草稿，因此並不有趣。最前頭是一篇題名為〈建議友人登山〉的暑假作業信件，最後一篇則是〈桃山御陵參拜記〉，內容大約就是這類東西。當中還抄錄了兩篇小學六年級時的綴方。

其中一篇名為〈箕面山〉。

「箕面山位於豐能郡箕面村，自古便是賞楓名勝之地，且以其瀑布聞名。近年來由於電鐵大阪通車，該處又設立了動物園，自是變得更加有名。

「由箕面車站出發，稍微攀登一些高度後會看見一條溪流，沿此溪流前行約一公里多，便能抵達瀑布。那瀑布高聳十數丈，彷彿水晶簾幕懸掛於絕壁之上，筆墨難以形容其壯觀，炎暑之中仍生涼意。山中楓樹多，入秋則谷中紅豔錦繡相疊。溪谷兩旁山壁峻峭、老樹叢生，四下皆有高聳入天的巨岩突出，實乃奇觀。溪流裡不乏岩石，清水走過即四散如玉，又或成潭。動物園內有數百種珍奇動物，且有幾種娛樂表演，遊玩其中更添樂趣。行至山頂向下俯瞰，遙見山野町村皆如自家庭院，一派宏闊氣氛。

「因此遊客絡繹不絕，尤其炎暑之中與紅葉季節更是人山人海。」

大概就是這種內容。明治四十五年鄉下小學生的綴方，寫的就是這種東西。上了中學也沒怎麼變。一篇題為〈大正二年與三年〉的寒假作業作文，我也沒寫下半句自己的東西。

大正元年十二月二十一日，先前取代了西園寺內閣的桂內閣，僅五十日便倒閣，換作了山本內閣[17]。民眾興起擁護憲政、打倒貴族的運動，帝都發生放火騷動。由於排日問題與支那的騷動[18]等，外務大臣遭到責難、阿部局長[19]被暗殺。木村與德田兩位中尉，成為航空界最初的犧牲者[20]，之後民間飛行家武石[21]也慘死。那時我才剛在博覽會[22]上觀覽了武石的飛行表演，事情就發生在幾個小時以後。不過我國航空界的進步，到了濃尾平野的大演習時就相當顯著了。明治天皇逝世將近一週年，不久後的七月十日有栖川宮大將殿下也薨逝。秋天時桂公死去。十一月，德川十五代將軍慶喜公死去。大正二年的天地變異也相當多，巴爾幹、支那、墨西哥等地都發生了問題。——大概就是這樣，我寫下這些大正二年的回顧。大正三年則寫著，原先這是新帝即位、行大禮的年分。

但是四月時昭憲皇太后駕崩，即位大禮便延後到了第二年，也就是大正四年。

皇太后大葬之夜，我的祖父死了。

在那個大正三年時，前世界大戰爆發了。東京車站也是在這一年蓋好的。

藝術家當中，兒玉果亭、鹽井雨江、川端玉章、本居豐穎、幸堂得知、木村正辭、市川九女八、奧原晴湖、伊藤左千夫、竹本大隅太夫、中林梧竹、岡倉天心等人，都在大正二年死了。

在《谷堂集》的作文當中，能提供一些線索讓我想起當時自己的，勉強就只有一篇〈春夜訪友〉。

「這陣子每天考試緊迫逼人，已經許久沒有拜訪朋友，想著今晚一定要好好聊聊便出了門。滿天覆蓋著魚鱗形貌的白雲，半月高掛天空。」還寫著我家白梅飄香。走在鄉間小路上，「神社外頭的杉木聳立在夜空之中，彷彿神明由天上下到凡間用的橋梁。」朋友家就在神社旁邊。房間裡的燈火真令人懷念，「兄弟倆都在房間裡。哥哥在書桌前參看著兩、三本模範文集，苦於琢磨撰寫〈都鄙學生優劣論〉。我則在一旁翻閱著蘆花的《青蘆集》[23]，約莫一個多小時後他的作文也寫完了。一如往常，他們的父母也加入，五個人圍著火缽和樂融融。話題隨興有如跑馬燈般流逝，惟有這始終不變的一家人溫情令人欣喜。對於無父無母也無兄弟的我來說，深重的祖父之愛以及這一家人的愛，比起萬人之愛還能讓我好好活下去。談笑數刻後辭別，月色朦朧。」鄰村的燈火溫潤著千里山的山腳。「拍打稻草的聲音忽遠忽近、忽高忽低，已成黑暗之萬象欲言又止。」

這篇的日期標著大正三年三月三日。

所謂拍打稻草的聲音，究竟是真的聽到遠方傳來聲響，或那只是我用來形容月色的文藻，如今我已想不起來。雖然寫了「出門」，但其實我家並沒有門，只有一圈櫟木當成矮牆而已。朋友家就有相當氣派的大門和圍牆。

晚上去這朋友家裡玩耍的事情，我另外也寫成了〈故園〉那篇作品。雖然多少是為了擺脫與祖父二人生活的寂寥，但也確實是因為無法壓下想與他們見面的渴望，因此幾乎每晚都應邀出門。不管是那大了我一兩歲的兄長、還是那比我小了一歲的弟弟，他們兩人都與我相當親密，而且這種感情與對異性的思慕也有著相似之處。少年的愛情約莫都是如此。對於這對兄弟的父母，我也懷有這種心情。心裡總想見他們，沒碰面就惶惶不安。

但是並沒有發生類似同性愛的事情。

五

大正五年九月十八日到大正六年一月二十二日為止的日記當中，就有關於同性愛的紀錄。

大正五年十二月十四日。星期四。陰後有雨。

在起床鈴響以前，我去了趟洗手間上個小號。實在是冷到渾身發抖。窩進床鋪，拉起清野溫暖的手臂環住自己、摟住他的頸子。清野也在半夢半醒間用力摟了摟我的頸子，將臉埋進下方。他的臉頰就靠在我的臉頰上，我那渴望的嘴唇落在他的額頭和眼皮上。我的身體相當冰冷，真是對不起他。清野不時睜開眼睛，沒帶任何情緒，只是抱緊我的頭。我仔仔細細瞧著他閉上的雙眼，看起來不像是在想些什麼。我們就這樣維持了半小時。我不求更多，我想清野也沒有想要更多。

起床以後光線實在刺眼。

昨晚有努力預習英語，今天早上也再次確認過，我也很有自信地指導平田同學。

認真上課。

英文文法的課堂上，老師說作文已經修改好了，可以過去拿。另外他還說，這班上寫最多篇的關口和細川果然也是英文最好的學生。其實我是那種不管老師問了什麼都不會舉手，只管先繼續寫東西的人，聽著老師的話簡直想冷笑，又覺得這樣很是噁心。

下午開始下起了綿綿細雨，天氣冷得討人厭。

將《新潮》增刊號《文壇新機運號》[24]寄給京都的鈴村。

把《今戶心中》[25]和《俳諧師》[26]還給百瀨租書店，付了十錢又買了張郵票以後，我就一毛錢也沒有了。

還回去的小說，我都是在課堂之間的十分鐘休息時間看的。

晚上雨停了。陰天。

大正六年一月二十一日。星期天。陰天。武術大會。

這份日記也無法逃脫我容易放棄的個性。去年秋末，最直接的原因就是我受到《受難者》[27]的感動，決定即使貧乏也要忠實記下年輕日子的軌跡，是出發點相當認真的日記，但這陣子以來怎會如此怠惰呢？從元旦到七日為止，我幾乎都沒寫日記。而從七日到今天為止，內心覺得這就好像是一件被強迫的義務一樣，所以不斷抗拒著。在這段時間內，我的內心充斥著各種藉口：沒有特別想寫的東西、要準備高等學校入學考試而沒有多餘的時間等等。我打算重新整頓心情再繼續寫下去。

今天有武術大會。

我的室友小泉贏了，杉山也贏了。

宿舍的豬被宰了。大會結束以後我到食堂後方那穀倉一看，牠已經成了與肉塊分離的醜陋皮毛，攤平在泥土上。血液與水在巨大的木樽裡融合，閃爍著詭異的色彩、表面浮著燐光。一旁有內臟，腳則在半空中懸吊著。當差的人正匆匆忙忙地切割要賣給老師們的肉塊。我不想如此隨意地看待豬隻之死。真的什麼也不明白。什麼也不明白。快恢復沉穩的心靈吧，然後尋求寧靜。

小泉因為頭痛所以「臥床」睡著了，杉山也不在房間裡的時候，清野對我訴說大口的事情。我盡可能平心靜氣地問了各種問題，因而知道了大口曾對——或說曾經打算——對清野有些大膽的行徑。

和室友們以及大口一起吃了「零食」的晚上，我與室友們分別要在辦公室及閱覽室裡念書直到熄燈時間，大家也將這件事情告訴了大口。沒多久清野就獨自先行回去，上床睡覺。結果大口喃喃說著什麼「宮本[28]嗎」便跑進房間裡，明知道房裡不是我而是二年級的清野，卻還是爬進了清野旁邊的床鋪——也就是我為了碰觸清野手臂而總是緊鄰著鋪好的那床裡，對著清野說話。之後的事情我實在不想問了，不過從清野的三言兩語中，已經能夠想像出來大概是哪些事。由於清野並沒有理會他，所以大口便回去了。

清野說這件事情的時候似乎覺得有些抱歉，還斥責大口真不是人。由此看來大口是刻意打算爬上清野的床鋪，做些無恥——請給我如此稱呼的權利吧——他確實是打算做些無恥的行為。一邊聽著，我的心情實在激憤昂揚。在清野訴說這件事情的時候，他自然湧現出對我的信賴以及愛慕，讓我忍不住想緊緊抱住他表達感謝。

靜坐課的時候我也是馳騁於想像中，思考著許多事。先浮現在腦海裡的是對大口的憎恨以及對清野的愛，並且逐漸往兩個極端而去。我對大口的憤怒，甚至強烈到認為應該要與他斷絕交情。但是自己難道就足夠清白，可以對大口感到這麼憤怒嗎？要是我的妄想一一以某種方式呈現出來，我能撐著不讓自己臉紅多久？我曾有過那麼一次，不帶任何肉體欲望地眺望著美少年和美少女嗎？要是有機會的話，高木、富永、西川……當我看著他們時，我的眼睛又都是在對自己的心靈傳達些什麼呢？我又怎麼能說，自己對清野沒有暗藏那種陰暗的心思？我能說自己並沒有走在只差最後一步的邊緣上嗎？但是這些反省，也完全無助於動搖我的憤怒。就只是我比大口更愛清野，而且我和大口的不同之處，就在於我也受到清野深刻的愛慕。清野對我敞開一切、依賴著我，我將此辯解當成唯一的靠山。

然而驚覺此時小泉一個人在房裡睡著，大口也一樣窩在隔壁房的被窩裡，我忽然不安到無法好好靜坐。靜坐課結束以後，我連忙快快奔回寢室，打開電燈探看著小泉的睡臉。

為了和清野握著彼此的手，今晚我早早在熄燈時間就鑽進了床鋪。

感受著若與大口相比，自己才是優勝者的優越感，我一邊緊緊抱著清野的手臂入睡。

這份日記只寫到一月二十二日。明明想著「重新整頓心情再繼續寫下去」，卻在那天之後又沒有繼續寫。

大正六年時我十九歲，當時是中學五年級。

在那前一年，十八歲的中條百合子[29]在坪內逍遙[30]的推薦下，於《中央公論》發表出道作〈貧窮人群〉[31]。同時這年，十九歲的島田清次郎[32]在生田長江[33]的推薦下，由新潮社為他出版了長篇小說《地上》[34]。同一年出現這兩人，讓一介鄉下中學生的我萬分驚訝。不過自己十八、九歲的日記書寫方式如此露骨，在三十多年後由五十歲的我讀來，也是有點驚訝。

而且我與這位清野少年之間發生的事，在〈湯之島的回憶〉當中寫了長達六、七十張稿紙。

寫〈湯之島的回憶〉時，我是個二十四歲的大學生。另外，我在高等學校的時候，也曾將要寫給清野少年的信件當成作文交了出去。我記得自己在老師評分過後，真的把那篇文章當成信件寄給了清野，但是不想給他看的部分，我都留在了手邊。這部分就保存到了今天，是原稿第二十張到第二十六張稿紙的段落。看起來當時應該是長達三十張稿紙左右的長信。雖然是書信體裁，但也是往事的紀錄。

如此看來，我與清野少年之間的愛，發生當下的中學生時期我在寫，高等學生時期我也在寫，大學生時代我也還在寫。

如今到了我五十歲要出版全集，回頭讀這三個時期的稿子，也相當感慨。雖然三段都是斷簡殘篇也相當不成熟，但要直接燒了或丟掉，又覺得萬分可惜。

六

當成作文提交的信件，應該是我在高等學校一年級時寫的。也就是在我十九歲的九月到二十歲的七月之間的事，那個年代高等學校是在九月入學。

信件的第二十張只有後半，前半已經裁掉了，想來那部分應該是寄給清野了吧。

我將保存在我這裡的六張半內容抄在下面。

我依依難捨你的手指、手腕、手臂、胸膛、臉頰、眼瞼、舌頭、牙齒、腳。

我喜歡你。你也可以說你喜歡我。

光是這樣說，我想你現在也已經明白了，在第三者的眼裡，很容易就能夠推測出我們這對宿舍裡的學長與學弟、室長與室友之間有什麼關係。

在新學年的春天，我們房間的垣內和杉山從最一開始，就避免睡在我旁邊。雖然後來很快就知道杉山是因為他那疾病的關係，但我現在仍不明白垣內的理由。或許是因為垣內意外地成熟，相當了解學長與學弟之間的關係。而且垣內和你明明一樣是二年級（雖然他是留級一年），他卻似乎很想要你，或許就是這個原因吧。當然後來垣內也閉口不提杉山的疾病，就只是想要和你換床鋪位置。

一直老老實實睡在我身旁的只有你。

垣內休學以後，小泉取代垣內成為我們寢室的成員。小泉和杉山總是躺下來就睡著了，留下敞開心胸談話的我們。尤其是杉山相當會窺探他人心思，經常於晚上熄燈後還繼續念書，在寢室外待到很晚。

不知何時起你也對我開放了手臂和唇瓣，有如此行為的你是多麼純真，肯定只想著就像是被爸媽擁抱。又或者事到如今，你已經完全忘記這件事了也說不定。但接受了你的允許的我，心思卻不像你那樣純真。

（要是我和你在一起，就不會這樣話中有話。而且你離開我身邊以後，與成了室長的北見，還有菊川及淺田同寢室。我還在學校的時候，菊川與淺田就因為是宿舍裡的美少年，非常受到學長們的矚目。而且北見並非堅強的五年級，而是軟弱的四年級學生。他有保護寢室成員的能力嗎？我實在非常擔心。你寫信來是因為你頂撞了學長那醜陋——雖然我幾乎沒有勇氣寫下醜陋二字——醜陋的要求嗎？又或是因為你眼見菊川、淺田頂撞，才這麼寫的呢？由島村寫給我的信件看來，新生當中似乎也有美麗的少年，看來頗不平靜呢。感覺你的信件上也帶有這種口吻。）

當然，我完全不曾對你吐露半句手臂、唇瓣、愛這些詞彙，這些全部都是你給予我的。雖然我也曾有更進一步交往的幻想，但做夢也沒有想過要實現。你也相當明白這點。

然而，我不想進入那些狩獵學弟的學長世界底層。又或者我雖然無法進入，卻又想在我們的世界裡享受你的肉體到最大限度，因此下意識地找出各種新方法。啊，你是多麼自然而又天真無邪地，接受了我的這些新方法呢。我的最大限度完全沒有引起你一絲一毫的厭惡或懷疑，這樣的你對我來說就像是救贖的神明。啊啊，你那樣愛我，就算是我要求更進一步的交往，想來你也還是會相信我的吧。你就是我人生嶄新的驚愕。

但是舌頭與腳，和肉體之下究竟差別有多大呢？我不斷斥責自己，這樣只不過是用我的膽小，拚了命地在阻擋自己吧？

由於家中沒有女性，因此我或許在性方面有些病態的部分，自幼時起便沉浸於淫蕩的妄想之中。對於美麗的少年，或許也比常人更容易感受到奇怪的欲望。在我還是考生之時，總感覺少年比少女對我來說更具誘惑，而到了現在，我也還是想著要將那種情欲化為作品。我不知有幾次可悲地想著，如果你是女人……

雖然要寫下來相當痛苦，但是曾那樣交纏過你的身體，又這樣揮別它而去的我，能否因為成功維持道德上的清淨純真而感到喜悅呢？又或者有那麼一小段時間，其實我心中寂寞而空虛的感受更為強烈？

我和垣內分別的時候，不就首先明顯地感到不滿足了嗎？

新學年決定了同寢的室友時，雖然我也覺得你相當楚楚可憐，然而當時能夠迎接那帶有女性般冶豔、我在浴場中總是相當憧憬的垣內進入自己的寢室，我的喜悅雖然淡薄卻也相當明顯。

垣內和你不同，他非常了解學長們，總是擺出隨時都行的樣子來挑逗我，反而更加讓我覺得心動不已。

你還記得那個七月晚上的垣內嗎？他被四、五年級的學生們給蓋布袋狂毆了一頓。垣內有如死人般昏了過去，我抱起他那汗水溼淋、軟綿綿的身體，背起他前往冷水浴場。幫他沖水的時候，他也渾身無力地趴在我的膝頭。因為垣內的睡衣上都是汗，實在無法幫他穿上，我只好背著裸身的他。也不知道垣內究竟是累壞了還是要挑逗我，總之就是死纏在我身上，但我也沒能做什麼。這只能說是我膽小，或許垣內也在私底下嘲笑我的卑鄙。

因為放假時我和垣內就會分離，又加上我對他很同情，因此放暑假前，我寫了好幾封充滿官能性依戀內容的長信，給了遭受如此淒慘對待的他。雖然我告訴他，九月可以再回來當我的室友，但是垣內就這樣不來學校了。我又寫了信給他。校長找我過去，告訴我說垣內因為家裡的問題和他本人的個性，考量著趁此之際可能直接休學比較好，叫我不要用親切的信件讓他感到迷惘。我因為羞愧而全身冷汗。建議他回來學校，真的只是因為我那帶有感傷的親切之心嗎？

與對垣內的感情相比，我對你的情感實在潔淨許多。你就算必須付出許多痛苦代價，大概也會聽我的話吧。即使說了這些，但如今若是我希望你做些什麼，我想你大概仍會想辦法滿足我的要求吧。然而你明明如此盡力為我，事情卻仍止步在邊緣，事到如今再多說這些或許你也會覺得不悅。然而我認為自己總有一天會明白，這些都是源自於我那過度膽小的愛。

就算學長的要求如此愚蠢，在我要回鄉的那個晚上，你還是哭著告訴我說鄰室的大口進了我們房間，很可怕，要我別回鄉去。你還因此放任我讓兩人的床鋪重疊，一邊與我接吻一邊哭訴大口的事情，彷彿我們所做的事情與那毫無關聯，你也絲毫不懷疑我。二月有好一陣子我因為要準備入學考試而總在圖書室待到比較晚，而前來玩耍的上島打算潛入你的床鋪裡躲起來——當然他應該不是因為什麼重要的理由而來——然而我對於上島的行為氣到發抖，所以明白告訴你學長們的欲望，而你單純地感到驚訝，又好像只有我完全是例外那樣，仍然開開朗朗繼續坦率地擁抱我。是你那單純的愛以眼淚洗淨了我。

說起我的膽小，也就是這樣了，但就別的方面來看，也可以說是我奇蹟般地、不需要任何勉強的抑制或忍耐，就能不玷汙你。想來不管是我或者你自己，再怎麼感謝你那嬰兒般的靈魂，都是不夠的吧。

你是那樣極度誠實又率直，就好像是你的父母直接將你交到了我的手上一般，你是多麼美麗的人哪！

這第五章的內容頗為紊亂，我在書寫時也很膽小。雖然這也是為我自己辯護，但心思裡多少也是為了不想刺痛你的神經。

第二十六張稿紙到此結束。

這封信也讓五十歲的我多少有些驚訝。

說什麼「書寫時也很膽小」還有什麼「心思裡多少也是為了不想刺痛你的神經」之類的，這樣的內容是第五章的話，那麼前面四章究竟都寫了些什麼啊？

但是這六張半的稿紙，看起來至少是克制著沒讓自己寄給書寫對象的清野。

不過，這篇文章我當成了學校的作文交出去這件事，實在是連我自己都不得不感到驚訝。我忘了老師給我的分數是多少，但不記得曾被訓誡要留心內容之類的。老師大概苦笑了一番吧。就算一高的風氣相當自由，這內容還是挺偏離常軌的。

七

〈湯之島的回憶〉用的是四百字的稿紙，寫了一百零七張。沒有完成。

第六張到第四十三張的內容是和巡迴藝人一起越過天城前往下田的旅行回憶，之後我重寫成〈伊豆的舞孃〉那篇小說。和舞孃一起旅行是在大正七年我二十歲時，書寫〈湯之島的回憶〉是我二十四歲、大正十一年的時候，〈伊豆的舞孃〉則是二十八歲時的作品。

而〈湯之島的回憶〉當中扣除舞孃的部分以後，大部分都是對於清野少年的回憶紀錄。雖然沒有像〈伊豆的舞孃〉那樣條理分明，不過其實關於清野的部分張數比較多，也放了比較多感情。比起那旅途上擦身而過的感傷，一年間共枕眠的親密在心上更為深刻。

〈湯之島的回憶〉第一張稿紙下半段被撕破了，已經無法閱讀，不過從上半段可以大致上看出內容。開頭是這樣的。

「我認識湯之島的春天，也認識秋天和冬天，卻僅僅不識得夏天。然而今年我卻要在湯之島度過夏季盛暑。

「就在七月底……」

在三島站要轉乘前往大仁時，駿豆線的售票處有個感覺相當不錯的女孩。

因此我喃喃自語地說著：「這肯定是趟不錯的旅行。」

——從這個開頭看起來，我應該是在七月底或者八月初寫下了〈湯之島的回憶〉。從這也能夠明白我來到湯之島時，心中新鮮感動的喜悅。

在我二十九歲、昭和二年時出版的作品集《伊豆的舞孃》[35]當中，也寫了下述這樣的東西。

> 看著製作完成的書籍，果然有請吉田[36]來一趟實在是太好了。「伊豆的舞孃」穿著湯之島溫泉的和服。我們喚著這是那個呀、那是這個呀，看著裝幀圖畫當中各式各樣的東西，一起回憶當時，鬧了好一會兒。我的湯本館生活還能有比這更棒的紀念品嗎？

我在湯本館生活了相當長的時間，小說〈伊豆的舞孃〉當中我二十歲，是一高的學生，而事情發生在出書的九年前。比方說《伊豆的舞孃》書盒右方所描繪的鎳製牙刷杯，好像是一個名為登志的旅館女孩子的東西。那孩子如今已經要升上小學校四年級，不過在我剛到此地時，應該是兩歲或三歲，我還記得曾看著她在樓梯上搖搖晃晃地往上爬，卻始終上不了二樓。

在這十年內，我不曾有哪年沒來湯之島。尤其是這兩三年，幾乎可以說我是伊豆人了。從前年的初夏到去年四月為止，我一直滯留於此，而現在都已經春天了，代表我其實從去年秋天起就一直住在湯本館。《伊豆的舞孃》的出版樣書上，作者的地址也寫著靜岡縣田方郡上狩野村字湯之島。光是我的第一和第二作品集當中在湯本館寫的，《感情裝飾》[37]的極短篇小說裡就有三十篇、《伊豆的舞孃》裡則有四篇。在修善寺站下車時，四周就已經有認識的人了。在湯之島和吉奈，見過的人更是多不可數。去年春天，我要離開長住的旅店時，店家婆婆還彷彿是她的獨生子要出門遠行一般流著淚。但是我在秋天時又回來了。

而我在這旅館裡，曾經與多少人心靈親密地接觸呢？……

我懷抱著多多少少生活的痛苦，十幾次、或者幾十次，來到這天城山麓。

到了今日我五十歲，已經沒有其他地方，能這樣讓我懷著愛與喜悅去書寫。今後我還能夠前往其他讓我有這種感受的新地方嗎？

〈湯之島的回憶〉第二張到第三張稿紙上，我也是這樣寫的。

「我也相當喜愛伊豆的回憶。若能成為回憶，那傷感也沒關係。這湯之島如今便是我的第二個故鄉，我經常從東京馳騁到這天城山北麓。在某個秋天，我一邊擔心著自己是否將要跛腳，並帶著腳病而來；又在某個冬天，我遭到他人做出我無法理解的背叛行為、幾乎崩潰，卻在此勉強得到支撐。我受到此處吸引，這與鄉愁無異。」

接下去我還讚美了湯之島。「我還沒有去過伊豆半島西海岸的伊東、土肥等溫泉，不過若說到熱海線、駿豆線、沿著下田街道的大多數溫泉當中」，我最愛的是湯之島，大概是這類事情寫到第五張稿紙結束，而第六張的第一行開始是：

「從溫泉地到另一個溫泉地遊走的巡迴藝人似乎逐年減少。我的湯之島回憶，是從巡迴藝人開始的。第一次前往伊豆的旅途，美麗的舞孃就像彗星，從修善寺一路到下田的風景都有如她的尾巴一般，在我的記憶當中閃爍著光芒劃過。那是我剛升上一高二年級的那個秋季中旬，去了東京以後第一次像樣的旅行。在修善寺住宿一晚，從下田街道步行至湯之島的途中，剛過了湯川橋，便遇上三位女性巡迴藝人。她們正要去修善寺，遠遠便能看見那提著太鼓的舞孃，相當顯眼。我不斷回頭、再回頭，好幾次回頭眺望她們，想著要沉浸在旅途風情當中。」

裡頭便是這麼寫「伊豆的舞孃」。

所謂「某個秋天……帶著腳病」是我在一高三年級的秋天。〈湯之島的回憶〉裡如下寫著那時候發生的事。

中學宿舍的前室友寫了信給我。——聽見那長長走廊的盡頭傳來麻底草履的聲響，我總想著，是不是您呢？但馬上便明白，不是您。您的右腳和左腳聲音是不一樣的。還有，我經常試著模仿您的走路習慣，下樓時每次都兩腳分別下去。——內容大概是這樣。

我並不知道自己兩腳的聲音不同，也看不出自己將來會跛，但看起來的確是有病。後來我的右腳開始疼痛，和舞孃一起旅行的第二年秋末，我便來到湯之島。

痛苦了四、五天，腰部一直熱燙燙，之後那種感覺往下移到右腳。就算是能夠站起來了，也根本沒辦法好好走路，拖著跛腳還能讓疼痛的腳比較輕鬆。偶爾右腳的木屐會咻地掉落，很麻煩。醫生也建議我用溫泉療養。

我從大仁站搭馬車前進了十五公里左右，在吉奈溫泉的岔路那裡，我被馬車放了下來，說是沒辦法繼續前進。因為在這太陽落下甚早的晚秋，日頭已經要下山了，而乘客只有我一個人。

我幾乎要哭出來，但也只能拖著右腳走上這大概四公里左右的路。也算是有點自暴自棄吧，畢竟真的很勉強，腳也很痛。既然右腳三不五時就不太方便，我乾脆把右腳的木屐脫下。

到了嵯峨澤橋，只剩下橋上的油漆，以及被岩石撞碎的水花還看得出是白色，周遭的山稜已經在傍晚天空下一片黑。就算心急，腳步也快不了。

我想起離開街道的話，有條沿著狩野川岸邊過去的近路。只要過了橋找到那條路就好了。結果我沒有過橋，而是沿著河岸前進，在山腰一帶迷了路。就算是沿著整個山腳爬一圈，也還是找不到前往旅館的橋梁。看來只好提著木屐涉水過溪了。

水相當清澈，因此我原先以為很淺的河流，其實淹過了我的膝頭，甚至打溼腰部。那個季節已經該要穿塞了棉花的裡衣，因此山溪那冰冷的水刺痛了我的神經、沖過我因寒冷而縮起的腳，想將我推倒。

穿著袴褲的下半身完全溼透，站在那燈火微弱而閒散的旅館玄關前，我苦笑了起來。前一年的秋天，舞孃正是在這裡跳舞。

丟下溼透的和服，將身子沉進溫暖的熱水裡，那好不容易醒過來的右腳，倏地閃過刺痛。

畢竟半自暴自棄地行走在那沒有道路的山邊，還渡過了溪流，就算不是什麼相當嚴重的神經疼痛，也還是沒想到才過了一星期左右，我就能夠往返比吉奈還要遠、大約八公里路程的船原溫泉了。

船原的旅館裡浴場比較大，庭院也寬敞，還有好幾棟客房。但說起溫泉水的品質可就糟了，混濁帶著淡黃色，還漂浮許多水垢，另外還有滿身皮膚病的男人泡在水裡。回到房間，鄰室那女人正在走廊上狂亂地甩著頭髮，把溼毛巾放在已經剃了個圓形的頭頂上，眼睛睜個老大。怎麼看都是個狂人，是歇斯底里症患者。站在走廊上與人談話的男性，似乎是我一高教師的兄長，但他是個肺疾患者，在滿州發病後回到內地療養。我在吃完午飯以後，很快就逃回來了。湯之島幾乎沒有客人，溫泉和山川都相當澄澈。能夠走個十六公里的路，真是讓我開心。

我待了大概十天，回東京一趟以後，又去了趟湯川原。雖然還沒有完全痊癒，但我已經沒有足夠的錢能長時間逗留在此以溫泉療養了。

看我平時走路的樣子，也沒那麼容易發現我有一腳不太好，但這似乎非常難以根治。在氣候較佳的季節、天氣好的日子是沒什麼感覺，但是若遇極寒極暑，尤其是冷到骨子裡的極寒，便還會再繼續痛一陣子。氣溫急遽升降，或是要進入梅雨季和秋季長雨期，我都能憑腳的感覺預先得知。

包含湯之島在內，我不管在哪個溫泉試著將兩腳泡進水裡時，左右兩邊對於熱水的感覺也都是不同的。如果是東京的澡堂，那就沒什麼區別。我想這也表示溫泉的確是有療效的。

這陣子雖然沒有那樣嚴重，不過發病後的一兩年，兩腳溫度經常是不同的，右腳比較冰冷。到了現在，若是窩在冬天冰冷的床鋪當中，即使左腳已經溫暖了，右腳也還是不暖。如果仔細留意，就會下意識地特別去注意右腳和左腳有哪裡不同。

另外若是我的精神遭受打擊，在心靈筋疲力盡之前我會先感受到身體衰弱，徵兆便是腳會開始疼痛。

由於這般心靈潰堤及身體虛弱，加上寒冷造成的腳痛，去年底我也逃來了湯之島。是為了一個四綠丙午的女孩[38]。

在我第一次腳疾發作而來到湯之島又回去東京的那個冬天，那四綠丙午女孩才十四歲，卻會對我說什麼，您的腳已經沒問題了吧？

這個夏天，我在泡溫泉的時候，右腳和左腳的感覺幾乎相同了。看來腳已經治好了呢，我想。

「又在某個冬天，我遭到他人做出我無法理解的背叛行為……」指的便是那四綠丙午女孩之事。那是在書寫〈湯之島的回憶〉前一年，我二十三歲秋天所發生的事。我和一名十六歲的姑娘訂了婚。——如果沒有被悔婚，那麼二十三歲與十六歲的婚姻，在今日來說應該算是相當早婚的。

雖然我不知道自己前往湯之島與湯川原是因為神經痛還是風溼，但後來我才知道，湯之島和湯川原都屬於涼性的溫泉，所以並不適合作為療養用。不過終究是有效的。

疾病沒有根治，今晚正書寫著〈少年〉。盛夏之雨也來得湊巧，因此我能感受到右腳的感覺略略不同。看來我的右半邊就是不太行。頭和臉部的右半部經常感到麻痺，還有右手也會麻麻的。右眼看不太清楚東西，感覺一直都是靠左邊一眼生活。這是因為我年幼時罹患過眼內結核，眼裡這疾病留下的痕跡，是到了四十歲的時候才有醫生明白告訴我的。

八

「大概寫到此處，女中[39]拿了新的浴衣來到我房間。身上這件已經穿了五天。」

以上是〈湯之島的回憶〉第四十三張稿紙，也是〈伊豆的舞孃〉約莫結束處的內容。第四十三張看來是花了三四天寫成的。

之後還描寫了湯之島的景色，以及前去京都拜訪清野少年之事。

大概寫到此處，女中拿了新的浴衣來到我房間。身上這件已經穿了五天。她拾起我脫下的浴衣，問我：「青蛙的蛙字，是寫成虫字邊嗎？」我實在想像不到，為何女中會需要使用蛙之類的字呢。然而湯之島無論是在田裡或者河流中，似乎都沒什麼青蛙。青蛙少這件事，是商科大學的學生提醒，我才知道的。

在湯之島看不見碩大的月亮，也看不到什麼像樣的日出又或者是日落。如果是晴天，只要走到路上仰望富士山即可，就在北方。早晨及日暮的顏色都會映照在富士山上。

此處的早晨，會是西邊的群山先戴上日光明亮色彩的頭巾，頭巾邊緣會沿著山脈下滑、擴散，而日頭也越來越高。傍晚則是東邊的群山會戴上頭巾。在湯之島群山卸下頭巾以後，天城山嶺的頭巾仍然掛著。往南邊仰望著殘留黃色日光的天城，我一定會回想起舞孃。這個夏季，天城始終維持晴天，而我幾次於秋冬來的時候發現，就算湯之島沒有下雨，天城也經常都被雨絲染成白色。（我在寫下這些句子以後，才聽說有天城私雨這樣的說法。）

我和商科大學生在山谷河流中島嶼上的涼亭裡乘涼，那學生仰望著天空。畢竟我們身處山谷當中，看不見寬廣的星空，他說。

「月亮也會動呢。」

身旁東京的孩子們揮動著線香煙火，比賽誰能夠畫出大火圈。

「當然月亮本來就會動，刻意說會動也很奇怪……」為了說明自己的意思，學生抬起手指著月亮。月亮通過的路徑，即使是在三、四天內也會有不少移動。每天晚上都坐在相同的地方，觀察月亮通過的樹梢和沉入山後的位置便能明白。

接著商科大學生又說，此處並沒有蛇、青蛙、蜥蜴之類的東西。因為他很討厭這些生物，才會有此發現。

還有，我到的那天晚上，從走廊上往下看的時候，聽見一個女中，不是問我蛙字的那個，說著：

「宮本先生，您看看那可不是螢火蟲嗎？我記得湯之島沒有螢火蟲，這話不是您說的嗎？」

我抬起頭來才發現房間前那大樹上，有隻螢火蟲在眼前一大片樹葉上閃閃發光。而這裡幾乎沒有蚊子，應該是因為水很清澈吧。

當女中提出有螢火蟲的問題時，我正看著下面，是因為當時我正興致勃勃地等著大本教的第二代教祖與她的女兒從溫泉裡出來。

當我去京都拜訪清野的時候，那位少年正在大本教的修行所裡，因此我書寫的方式，是從在湯之島見到大本教的教祖之後，再回想起清野。

〈湯之島的回憶〉第四十七張到七十九張稿紙內容是拜訪清野少年的紀錄。接著我又寫下：

「中學宿舍的前室友清野寄了封信給我。聽見那長長走廊的盡頭傳來麻底草履的聲響，我總想著，是不是您呢？……」

接下來是我因為腳疾前來湯之島，之後又回到我看教祖泡溫泉的記述。

我從去年十二月起就沒有來過此溫泉，久違了七個月泡進這泉裡，彷彿將自己在東京的貧窮困頓日子都給洗去了。正當我聽著溪流聲寫信的時候，館外突然傳來二、三十個人配合聲音拍手三次的聲響，還有快速念誦著什麼的聲音。想著大概是村裡的互助會還是什麼單位來辦宴會吧？繞到正面走來看了一眼，才發現是大本教傍晚的祈禱（我忘了大本教自己把這個祈禱稱呼為什麼），因此信徒聚集在一起。——這是由於我先前在京都嵯峨深山的修行所（這也不是大本教的說法）住了兩晚，曾經見過信徒們生活的樣子。

我一站在外面的走廊，女中便立刻過來為我放好坐墊。有兩名客人和三、四名女中都過來觀看，稍早便已在走廊上排成一排。

旅館玄關正前方，新建了三間鐵皮屋平房。十二月的時候，那邊還是空地。那裡兩三年前有棟屬於旅館的古老平房，客人太多的時候就會安排到那邊去。

不知道是誰買下了那棟古老的建築物，搬到了旅館附近去。

原來那新蓋好的建築，是旅館主人為了大本教的神明建造的。據女中說，那老房子只賣了幾百塊，但新蓋的房子可是花了幾千塊錢呢。

坐在最前面的就是第二代教祖，旁邊則是第三代。當我開口詢問後，有位客人說那個是出口[40]的老婆，然後旁邊是女兒。詢問是否為綾部[41]那位，也得到回答說應該就是。我忍不住驚愕地喔了一聲望著她們。

有位客人對我說，這祈禱的話語是出自古事記[42]對吧？同樣的祈禱話語我在嵯峨深山那裡也曾讀過。

「第三代這樣實在不太行呢，居然一直拿手帕擦汗？這樣可不像是降世神明呢……」

忽然聽見有位客人這樣說，走廊上旁觀的人都一陣輕笑。第三代教祖大概是二十歲上下的女孩。

據說聽聞教祖大人要過來，就有二、三十位信徒從附近鄉里聚集到此。

我的腦中是嵯峨深山的修行所，看見的是前室友清野虔誠信奉的樣子。——警察進入京都府綾部市前後[43]，忽然冒出了許多大本教相關的新聞，我會留意這些新聞並加以閱讀，也是為了清野。

由於這些前因後果，我原先想像那位於綾部的總部與其中心人物，應該都是非常了不起的。然而如今卻在意外之處親眼見到，那看起來彷彿是鄉下柑仔店老闆娘的女人，竟是大本教第二代教祖。而看起來渾身粗鄙、不怎麼聰慧、矮矮胖胖的鄉下女孩，就是第三代教祖。這實在令我難以置信，忍不住再三向其他人確認，她們真的就是教祖嗎？是從綾部那裡過來的？怎麼會來這種地方呢？

第二代教祖的臉胖墩墩的，頭髮隨興綁起來，怎麼看都是個山上人家風格的四十歲胖女人。第三代看來也不怎麼整理頭髮，就和路邊的小學女孩一樣胡亂綁起來，而她的神色目光、肌膚體表、臉上所有配件，絲毫沒有哪處能讓人感受到活色生香或年輕氣盛。那龐大的臉龐只讓人覺得相當憂鬱、有什麼顧忌，身體則像是已經累壞了的樣子。實在是一點也不美麗。

這樣看來那身為開山祖師的奶奶，大概也就像個山中鬼婆吧。雖然說是第二代、第三代，但其實也不過就是第一代教祖的女兒，以及她的孫女罷了。這也算是降世神明嗎？是那種需要用筆墨或其他敬畏方式來加以崇敬的女人？

我從二樓走廊上往下看的時候，完全感受不到她們的氣質。她們的樣子實在相當鬆懈。若是作為信仰的目標而受人崇敬，又或者是在生活中對於信仰很虔誠的人，必定會在身體的某處展現出精神的光輝、高貴、美麗、寧靜，或是沉穩的平和、廣闊的慈愛等等。對我來說，現在這樣與其說是幻滅，反而比較讓我懷疑起對方是否是真正的教祖。

以如此庸俗的女子作為教祖，或許是脫離了自古以來的神聖、宗教等定義，想來也可以說是全新的宗教吧。即使是藉由匹婦之姿現身於世，或許的確保有神明的心靈。即使如此，乍看之下也實在是毫無神明依憑之感，甚至也看不出有那種技藝在身之人的氣質風貌。

若是把她們視為教祖、信仰她們來過活的話，清野就太可憐了。如果這樣的人是神明降世，那麼清野本人肯定就是真神了。我忍不住想寫信寄去嵯峨深山，因為實在很想告訴他，你不如來皈依我還比較妥當。

我回到房間裡繼續寫先前寫到一半的信件，又聽到外頭傳來拍手聲，祈禱的聲音也停了下來。雖然我這樣想有點惡劣，不過現在畢竟都熱到第三代教祖止不住地擦汗，那麼祈禱結束以後，她肯定會進到溫泉裡清洗一番。我內心興起惡作劇的念頭，因此拿起毛巾笑著走出房間。

到那時候我都還在懷疑，說她們是教祖一事，也許是女中弄錯了。若真是教祖，那麼這可是能讓我說給孫子聽的大事了；若不是的話，那就只是跟個胖女人進了同個溫泉的無聊之事。

旅館的溫泉有三處，分別在屋內、屋外及河岸邊。屋內的浴池用木板隔成三區，熱水會流經三區，逐漸減溫。由這個浴池的脫衣處後方走出去，略左之處有個簡單木板屋頂打造的露天湯屋，此即屋外的溫泉。另外，從屋內溫泉的脫衣處走出去，架了個長度約七到九公尺左右的木板棧橋，可以渡至川中島。那是個建造在山谷河流之中的細長島嶼，樹林當中有個涼亭，夏季來的客人可以在此乘涼、眺望溪水、於溪流中戲耍後在此休息，炎炎日頭下可以午睡，晚上也可以在此長談、玩玩線香煙火、演奏小型樂器等。曾有帶著東京藝者前來此處的八、九名客人請人將酒菜搬到涼亭那裡去，包下涼亭半天呼呼大睡，讓外頭的客人都相當不高興。從川中島順著山谷的河岸邊往下，有個寬約兩公尺、長約五公尺半的岩石。岩石上鑿有浴池，溫泉水會從竹筒的切口流進岩石浴池內。似乎是對岸的山腳會湧出溫泉，因此在谷底河流上架了兩支竹筒，將熱水引到旅館當中。然後把引過來的溫泉再分流一些，從川中島上拉第三支竹筒回到那谷底河流上，灌進岩石浴池當中。

旅館南邊有個公共浴池。另外，對岸岩石間湧出、不會拿來使用的溫泉水，會自然流到谷底河川中，或者自然積留在岩石與岩石之間。旅館北邊則有個別墅溫泉。

正要前往屋內的溫泉時，有七八個男人和一名皺巴巴的婆婆先進去了。那些吵吵鬧鬧的男人肯定是信徒，不過婆婆並非教祖。這讓我那惡作劇之心瞬間受挫、敗興而歸。我的企圖並不值得誇獎、完全是褻瀆神明而欠缺思慮的行為，但若只能看見那些男人排排坐在浴池邊，也實在不想進去。

往後頭看了看，橋上與川中島都有提燈的燈火及人影慌慌張張地晃動著。教祖們或許是在乘涼，也可能去泡岩石溫泉了，因此我想著那就從二樓看吧，轉身回房。在二樓走廊的椅子坐下，憑藉星光和提燈的燈光，尋找著教祖們的身影。

屋外浴池的木板屋頂就在正下方，能看見橋梁，越過樹林也隱約可見涼亭，那涼亭在平時夜晚裡都會點著燈。岩石浴池則在島嶼陰影下被擋住，只能看見掛在上頭作為照明的提燈。正下方的溫泉入口、涼亭旁都有提燈，也有些亮光正在移動、走過橋梁。雖然有許多男男女女到處走動，不過從二樓往下看的話，會由於有些陰暗而看不清楚大家的臉龐。也有很多人裸著身子。

接二連三有赤裸的女性從木板屋簷下的浴池走出，在我的正下方那些許光亮中以毛巾擦拭身子，輕輕披上浴衣，不綁腰帶，只稍微將衣襟拉了拉攏，便往橋梁方向走去。

在一個不管是肩、腹、腰都相當肥胖的女人從浴池裡走出來之後，便有穿著絽布羽織的男子拿著提燈走出來，等待女人穿好浴衣以後，領她前往川中島。

我詢問一旁一起觀看的女中，是那人、是那人嗎？但還是搞不清楚哪一個才是第二代教祖。過了好一會兒。

「第三代、那是第三代教祖。」

只聽女中慌張地如此喊著。往正下方一看，恰巧有個不怎麼好看的白色身體從溫泉裡走出來，將一腳踏在旁邊的石頭上用毛巾擦著。披上浴衣以後，仍有提燈為她引路。拿著提燈的男人一絲不掛。

由於這高度大概是一般屋子的三樓，所以我實在無法分辨樓下那走在陰暗之中的女性的年齡樣貌，不過女中說是第三代的那女人，看起來實在很像第二代。因為她那髮型就像身分低下的相撲選手，身體也給人那種感覺，實在不像是年輕女孩。女中似乎相當肯定，說了好幾次那就是第三代教祖。

我將盯著第三代教祖的視線拉了回來，浴池出口處的提燈已經不在了，有位裸著身子的女性在那兒不知該如何是好。看見她身上掛了好幾組白布和浴衣，相當凌亂，想來是不知道哪件才是自己的，只好胡亂搜找一番吧。我忍不住笑了出來。

男人們全都因為能拜見降世神明而感動不已，為了教祖要入浴及納涼而拚了命地為她們服務，還有人就赤裸著身子。要說好笑也實在挺好笑的，卻也是一種牧歌般原始的光景。女人也是如此。

沒多久之後，就有三三兩兩的人影開始走過橋梁，從島上往旅館方向來。有人仍逗留在岩石浴池和涼亭那裡，也有人站在橋上，還有人已進到裡頭。

女中對於這樣的光景並不如我這般感興趣，因此已經不見蹤影，我還是在走廊上一動也不動。人影大多消失進建築中以後，就只有橋上和涼亭的提燈燈火仍留在原地。那天晚上，似乎有男女信徒共十五人左右留宿。

第二天早上，我連在東京也不曾如此早起，剛過六點便前往溫泉，接二連三有信徒也進來了。沒看見教祖。回到房間，喝完晨浴後的茶水以後，外頭建築物又開始傳來早晨的祈禱。我走到昨天那走廊上。昨天晚上說他們的祈禱詞是古事記的那位客人，正拿著攜帶式的柯達蛇腹相機對準外頭那房子老半天。祈禱結束以後，信徒們紛紛回到旅館中。

外頭房子那兒，第二代來到緣廊上坐了下來，腿掛在外頭，露出那怎麼看都給人胖女人感覺的小腿，衣襬還拉到了膝蓋。她將切碎的菸草塞進小小的菸管裡，在菸草盆上敲了敲。她正在與陪伴她由東京前來的信徒，以及貌似在此等候她的老闆娘愉快聊著天。樣子看上去讓人完全無法想像她就是所謂的降世神明。

第三代則在房間裡收拾行李，看來相當不俐落，仍然是那副慵懶無力的樣子。

似乎是那天早上，教祖與信徒們就都離開了。

晚餐後，有個新橋那裡吳服店家的少爺來我房間聊天。我在外頭散步直到天黑，回來正在讀報紙的時候他便來了。那份報紙上，有我大學朋友第一次書寫的文藝評論。吳服店少爺的聲音像是從唇瓣裡面發出來的，用字遣詞相當客氣而有禮。還不時說什麼如我這般無知無識之人云云。

根據這位少爺所說的話，我總算是能了解教祖們不去泡屋內溫泉的道理何在。這位年輕少爺並不如我一樣認識清野少年那類信徒，因此對大本教比我更加不留情。

村裡的信徒們聽說教祖要來泡溫泉，在前一天就把天城街道至旅館這長有三百多公尺的危險坡道上的草都給割了、石頭也撿乾淨、修整好道路，聽說連旅館後頭那木板橋也給洗了一洗。同時把屋外的浴池給清乾淨、放下入口的簾子，並貼上「禁止入浴」的紙條。我先前雖然也有看到禁止入浴的紙條，但並不知道那是為了教祖要來，還以為是浴池故障了。在迎接教祖等人的前一天晚上，聽說信徒們還聚集在一起，大肆感謝降世神明將要蒞臨此地。吳服店的年輕少爺說，自己因為覺得有趣而想去看看信徒們迎接教祖的樣子，所以拿了手電筒出門。他說信徒們各自拿著提燈，擁護著教祖走下坡道。教祖泡完溫泉、在橋上乘涼之時，信徒還在左右兩邊恭恭敬敬地拿扇子搧風。

另外那年輕少爺還說，對方坐在緣廊上晃著腳、啪嗒啪嗒揮著扇子的樣子，何止看起來不像降世神明。雖然如我這般無知無識之人難以評斷，但她看起來不過就是個鄉下婆子，實在不怎麼優雅。

說老實話在我看來，崇敬著這兩個女人的男人們甚至不像是場搞笑喜劇，看起來反而是有些令人心疼的悲劇。或許那兩人真是具備著外觀無法洞見的神性與神德，又或者容貌與精神上雖然都是極為平庸之人，而大本教的真意與原義便存在其中，但我與吳服店的年輕少爺一樣感到幻滅。

不過，在相信她們的人們眼中卻非如此。教祖回去的那天，吃過午飯大約一個小時後，旅館的老闆娘前來向我打招呼。我很客氣地詢問，昨天晚上和今天早上，那女性導師般的人是誰呢？我實在還不是很能相信這件事。但果然老闆娘仍然回答我，那就是第二代與第三代教祖。旅館主人對於信仰有多虔誠，據說綾部那裡也相當了解，因此第二代的丈夫告知她們，在回東京的路上順道去湯之島一趟吧，她們才因此前來。

旅館的老闆娘說，昨兒晚上大家一起聽聞了許多有趣的故事呢。

我沉默地看著老闆娘的臉，等著她說出是什麼樣的故事。然而老闆娘只管說真的都非常神奇，聽過那些故事以後，就算是要懷疑對方也不可能了，然後微笑著並不繼續說下去。我只好開口詢問，是什麼樣的故事呢？但老闆娘還是堅持，是聽了以後就再也無法心生懷疑的故事。我想大概是什麼神蹟之類的，因此不斷詢問著究竟是什麼樣的內容？好不容易老闆娘才願意提一下「御神島」的神奇事件。

據說第二代教祖的丈夫，王仁三郎曾有一邊臉頰腫脹了四十天，老闆娘一邊說著，一邊以自己的右手按著臉，所以腫脹的應該是右邊臉頰吧。好不容易消腫以後，臉上卻長出了痘子還發膿。那顆痘子的位置不斷移動——老闆娘說著，緩緩地將自己的右手往下摸，想來那顆痘子的移動路線大概就跟她的手勢一樣吧。之後牙齦開始腫脹，而腫脹之處變成一個硬塊，噗通地掉了下來，接著好像就變成了舍利。

臉上的痘子移動到牙齦然後結成舍利，這個順序實在無法讓我心服，但在對方說這件事情的時候詢問簡短的問題，恐怕也得不到能夠讓我滿意的答案，不過顯然並不是牙齒掉了下來。

那顆舍利的形狀正如同御神島，因此象徵著御神島。我不知道御神島是什麼，但不管怎麼問，從老闆娘的回答裡也只能猜出所謂御神島，大概是什麼教典或神諭裡只知地形而不知其所在的大本教靈地。王仁三郎看著那形似御神島的舍利，覺得非常奇妙，而且雖然能從中讀出神意，卻還是不明白位置何在。然而就在某一天，王仁三郎先生在沒有事先向第二代教祖報告的情況下，就自己外出不知去向。回來以後，說是他找到了御神島，這才告知舍利之事，因此大家便拜祭那舍利。

我想他可能是在夢中受到指引，所以詢問他是否因此得知如何前往御神島？但老闆娘還是逕自說著，那是神明的指示。御神島究竟是海上的小島，又或者是像湯之島這樣其實是陸地上的地名？究竟在何處？對我來說都是相當不明不白的事情。或許就和清野所說的那有「御土米」的靈地一樣，位置相當神秘吧。不管是這個御神島，還是那個御土米，聽起來都像是童話故事。

據說警察進入綾部那裡的本部前，其實神明也有提前告知會發生這樣的災難，那時官員憲兵也去了嵯峨深山，將那裡搞得一塌糊塗。我看了關西的報紙，相當擔憂清野的心情是否會因此受傷、變得陰沉，或者扭曲。

老闆娘說完御神島的故事以後便起身離去，而我也馬上出去散步。旅館的伯母雖然說著唉呀現在日頭正大呢，卻還是幫我拿出了木屐擺好。山頭和荒野都反射著閃閃發亮的日光。兩三天後在旅館大門口那裡，伯母又對著我說，你現在已經很能走了呢。

我忍不住笑著說：「是啊，我一直都不太在意天氣熱，也還算能走……」

在東京的時候，我要是一天沒走個四公里以上就會覺得心浮氣躁。我雖畏懼冬天，卻不受炎熱影響。看見午後那喇地灼燒街頭的日光，炎熱的光線刺在我虛弱的肌膚上，便會感受到想快快出去走路的誘惑。暑假去了大阪，我也幾乎每天都在那炎熱大阪街道的日頭下走路。

雖然有人會覺得訝異，在那種什麼東西都沒得看的田間道路或山路上，我怎能走那樣久？但無論冬夏，我在湯之島也經常走路。天城上下來回的路途大約是四十公里左右，我在早上離開湯之島，中午於湯之野休息，傍晚就能再回來湯之島。

當然當日來回天城，其實是非常誇張的，但我真的很能走。這讓我回想起自己年輕的時候每天走路。

這篇〈湯之島的回憶〉，說起來也讓人感受到二十四歲的年輕呼吸。會這樣書寫大本教的教祖入浴之事，想來也是由於年輕時的好奇心吧，另外大概也有著年輕時前來湯之島的喜悅。不過，也是因為清野少年入了大本教。

由於清野，我才對第二代及第三代教祖抱持幻想，然後破滅。

九

「我並非大本教的信徒，但也非完全無緣之人。我所愛的少年，他的父親在教徒之間相當受到敬重。我在那嵯峨深山的修行所也有過回憶，而那回憶對我來說有著重大意義。」

這些話就寫在〈湯之島的回憶〉當中。可以看出我雖然寫下了嵯峨深山之事，卻也努力想對大本教抱持好感。

前往嵯峨拜訪清野，是在寫〈湯之島的回憶〉的前年、我二十二歲的八月。

前年的八月，我在日頭如火燒的正午，於嵐山下了電車後進入嵯峨。我要去深山瀑布處見的人，是我在中學五年級當學生宿舍室長時的室友。我在宿舍時他是二年級，不過他前年夏天已經從中學畢業，之後就一直繭居山中。

再前一年的夏天，我也曾經造訪嵯峨，不過我那前室友正好前往濱寺參加游泳比賽而不在該處。我在他家午睡到日頭西斜，沒能見到他便回去了。因此我和前室友清野上一次見面，已經是他四年級成為室長那年的七月，我前往拜訪中學宿舍並且留宿在他房裡那次了。

前年夏天，他家還在上嵯峨，只是會去深山瀑布修行，並不是完全繭居在山上，而今年說是已經住在瀑布那裡。我也想著或許那瀑布是在村落當中吧，然而實際情況是瀑布旁邊有清野家，另外有個住宿處是給那些追隨而來的修行之人，再來就是大本教的神社，完全是遠離人煙的地方。我非常驚訝，同時感到不安。

走出大門的前室友身穿深藍色袴褲、一頭長髮。這裡的男人都留長了頭髮，束在頸後綁起、垂在背後。

清野萬分歡喜地迎接我，他自顧自說得好像我當然會住個一星期甚至是一個月。然而這山上氛圍與涼風似乎都印證著靈地的神聖空氣與修行者們的清淨肅穆之心，看來並不是我能舒舒服服躺下來睡一覺的地方。

將近三十名修行者大多是二十來歲的青年，雖然都安靜而沉默，但感覺只要開口，就只會以鄭重的語氣談論教誨。他們總是看起來相當憂鬱地在沉思、低著頭走路，乍看之下每個人都蒼白得彷彿肺疾患者還是腦疾患者。又或者，他們是因為那些我連吞也吞不下的葉菜粗食而營養不良呢。我並未見到哪雙眼睛是澄澈而閃爍著光芒的，同時我又看見他們在瀑布下沖打苦修，這種山中不自然的生活，令我懷疑起此教之教諭。

我的睡鋪就在清野居所的二樓，不過用餐要到下坡修行者們的留宿處去吃。二十多名青年於餐桌邊坐好後，我也莊嚴地拍手致意、閉上眼並接過筷子。死氣沉沉的青年行了個鄭重的禮，然後為我盛飯。

女性信徒有四五名，當中也有年輕人。有位據說是大阪富豪千金的十七八歲美人，不管是洗衣、照應男人們的和服、準備餐飲等，她都不辭辛勞拚命地幫忙大家。我從二樓看她拿著幾乎大到快要拿不住的掃帚打掃庭院，感到相當不可思議。女人們則留宿在清野家。

無論男女都在工作，只有我在二樓愣愣地看著大本教的書籍。早上我醒來的時候，所有人都已經出門了，他們似乎是到山上那神社拜殿去進行早晨的祈禱，我在床上也能聽見朗朗合音傳來。

清野的兄弟姊妹當中，姊姊和妹妹已經嫁人，那時只剩下三人留在深山瀑布這裡。

清野一位中學時期的朋友是只接受過鎮魂的新信徒，和我在同一個時期來此。那男人指著清野家最小的十二、三歲孩子，問我那孩子是男的還是女的？我說當然是女孩。我實在不懂他為什麼要問這樣的問題。他笑著說是男的，僵持到最後，他說也是啦，任誰都會覺得是女的，那麼……他說著便站起身，假裝和那孩子玩相撲，然後猛然將露骨的證據攤在我眼前。我在萬分驚訝的同時，也對那男人感到憤慨。

那孩子用力拉緊和服、生氣地搥打那男人，無論怎麼看都只是個活力十足又愛打鬧的女孩子。也就是說那孩子並非模仿女性，因為他在忘我而憤怒的情況下反而更像女孩子。不管是樣貌、打扮還是動作，甚至聲音和用字遣詞都是女孩子，而不是一名男性。那孩子和東京十二、三歲的女孩子有著相同的外貌，將頭髮剪成齊肩，又有著屬於少女的亮麗髮絲。而且關西腔並不像東京腔那樣，在語尾上明顯男女有別，因此我更不可能覺得那孩子是個男孩。

我覺得大受打擊，因為在那弟弟身上，我看見了我那室友年幼時的樣貌。

十

「因為在那弟弟身上，我看見了我那室友年幼時的樣貌。要說清野有著女性的風貌，這樣有些侮辱對方，也和真實情況大相逕庭。但前室友就像是位溫暖明亮的女性……」

後面我是這麼寫的。這篇〈湯之島的回憶〉調性上是前來湯之島的感動，以及逃離東京的感動。基本上我是依照該調性思考事情，並且敘述出來。

相較於〈伊豆的舞孃〉來說，應該是寫了更多清野少年的事情，也有很多我個人擅自的解釋。不過在如今五十歲的我眼中看來雖是自己的擅自解釋，但對於當時二十四歲的我來說，大概不能算是自己強加的東西吧。如果人生就五十年，那麼〈湯之島的回憶〉正好是我前半人生的文章。

會寫下「逃離東京的感動」，也不是單純的文字遊戲。為了出全集，我也讀了二十三、四歲時期的日記，對於自己那慘烈的生活感到相當驚訝。甚至令我幾乎不敢相信那些日記和這篇〈湯之島的回憶〉是在同一年寫的。

要說清野有著女性的風貌，這樣有些侮辱對方，也和真實情況大相逕庭。但前室友就像是位溫暖明亮的女性，被封閉在和樂融融的家庭當中，不曾將視線轉向世間，也不曾接觸過世間，就那樣愣愣地成長到十六歲。那樣性子的人，出現在中學五年級的我面前，令我感到萬分驚愕。

除了心靈以外，他在動作上也相當女性化。我脫下後胡亂丟著的和服，總是不知何時就被摺得好好地收到行李當中。若是他看見有綻開或者勾破的地方，就會馬上端坐下，像個女人似地伶俐運針。

這麼一想，那位在嵯峨的弟弟雖然正在上中學，因此剃了個圓圓的和尚頭，但其實行為舉止上倒也是有些女人味。他們的父親是那種一眼便能夠知道他內心有著無法動搖的信念、相當凜然的男性，也是位幾乎令人難以正視的嚴肅修道者。而他們的母親則相當和藹可親，並沒有特別奇怪。那麼為何三個男孩子都那樣呢?那時候,也就是當我處於兩年前嵯峨修行所中的氛圍時,我將原因的一部分歸之於可能是來自父親年輕時的宗教生活與信仰精神,甚至覺得這樣有幾分神秘感,因此也為清野感到欣慰。從以前我就感受得到,這位少年生來便是宗教之子。

我在離開中學的時候想,這少年離開我以後會成為迷路的孩子、失去心靈寄宿。因為那孩子將我當成偶像,完全地倚賴我。事情果然如我所料地令我心痛。看來是因為他的內心搖擺不定,讓那接觸到任何東西都會受傷的心靈只能逐漸向神明靠攏。每次我看到他向我如此傾訴的信件,就想著他果然還是倒向了宗教。在我看來,若有誰認為那孩子過得相當幸福,絕對是他們的心靈欠缺了懷疑事物的概念。當他二年級還是我的室友時,也相信著自己父親所信仰的神明,但他將那神明與我重疊在一起。我感覺到,當我離開東京過了一段時間,他心中的神明與我的姿態完全重疊了,然而現在卻有一半已經遠離他,因此他的心靈也好似分裂開來,而剩下來屬於神明的那部分逐漸變得強烈，藉此補償我造成的空虛。從那孩子的性格看來，他會相信父親所信仰的大本教，不過就是順水推舟。

在我的中學時代，大本教還不是那樣驚擾社會的團體，我也只隱約記得名字是叫什麼皇道大本來著。第一次前往嵯峨深山拜訪時，詢問清野家該怎麼走，發現他家在嵯峨似乎非常有名、大家都知道，不過他們告訴我那是金光教的大老師。前年夏天過去拜訪的時候，關於清野的父親是教徒心中相當重要的人物、瀑布旁的修行所這些事，也都是我去了那裡才知道的。

我在清野家的二樓，試著讀了讀他們教典的教義書、祈禱書等各種傳教書籍，但總覺得以宗教上來說都是沒有什麼深度的幼稚東西。另一方面，卻又覺得這樣的內容對於某些人來說，足以加強他們心中的概念，其實是相當具刺激性的教義。

我完全沒有與修行者們交談，清野的母親也沒有對我說什麼教義相關的事情。只有清野那中學的朋友和我說了些他一知半解的事情，比方說鎮魂歸神。清野在一旁笑著說「您也來做吧」，但並沒有強硬推薦我。我覺得如果接受鎮魂歸神，還能像一般人那樣不受施術者的影響，也就是得以反抗神力的話，這也會是個考驗我理性的機會，因此稍微受到了誘惑，但還是覺得有些詭異。據說接受鎮魂以後，沒有人不信神的。而對於我思考時能這麼理性，清野的解釋是，這代表跟在我身上的惡靈相當頑劣，而且非常執著。

人類經常被惡靈附身，而鎮魂是正經神靈的力量，因此能夠將那些不好的惡靈從人類身上擊退。斥退惡靈、讓神明入體，如此一來就會有神明保佑，讓人類回復為原先良善的樣貌，這就是歸神。方法是先與施術者對坐。施術者是正神之靈，他會唱誦大本的神名，受術者也會複誦。受術者不會受到自己的意志控制，絕對會跟著複誦。受術者的身體會變得不受意志控制。接下來正神會和惡靈開始進行問答。施術者詢問對方的姓名、地址、嗜好、性癖等，而受術者則會被自己體內的惡靈取代，回答那些問題。比方說清野的父親若是問「你叫什麼名字」，那我可能會高歌至今從未聽聞的邪神詭異之名；問我喜歡什麼，我可能會回答油炸豆皮[44]。接下來正神會藉由其力量明白那是惡靈，因此命令對方「離開人體，回去你原先應在之處」。這並非催眠術，畢竟受術者沒有陷入催眠狀態、意識非常清醒，言行舉止卻無法靠自己的意志控制，據說結束後也會清楚記得自己受術中的狀況。

據說清野那中學朋友身上的惡靈是具備神性的狸貓，而我身上的惡靈是狐狸，而且還是相當執著的狐狸。

清野少年說他因為修行過，因此用看的就能夠判斷出別人身上的是什麼樣的惡靈，但是他的程度還沒能夠為人施行鎮魂歸神術。

他表示：「我當初請人為我鎮魂，了解那讓我感到痛苦的不良惡靈真面目為何。透過前輩施術者們借助神明的力量，讓我體內的本性與守護神都清醒過來、增強力量，踏出逼退惡靈的第一步。之後就能夠靠著自己內心萌生的善性與神力，為自己進行鎮魂，然後持續戰勝惡靈。如此一來便能成為大本教需要的正經人類，也成為神之子。這是修行的第一階段。」

因此那些在第一道門前徬徨著，蒼白又鬱悶的人們才會閉關在此山中，靠著自己的信仰、清野父親的指導，以及助力來持續戰鬥，努力試圖擊退惡靈並接近神性。據說開悟的情況，和禪是非常相似的。

在我思考大本教是否真的有那樣修行的價值之前，嵯峨修行所的青年們鬱悶的樣子已經讓我感到沉重。但是看著清野少年，又覺得他無比天真。清野一家人都有著明亮而安穩的臉龐，全身充滿寧靜的喜悅。聆聽清野少年敘述自己的信仰和大本教的奇蹟，就像是在聽孩子說童話一樣。好比說他從石崖落下卻沒有受傷，或者是我到嵯峨拜訪他，這些事情都是神蹟。我們談了許多，他還讓我看了一種叫做御土米的東西。

在綾部還是哪個山中曾有神明告知，有塊秘藏在這世上的靈地，那並非自然形成，而是由於神明的意念而形成的地方。那東西的顏色看起來像是乾燥的泥土，在我眼裡就是一個大紙箱裝滿了有如粟粒般的土粒。顆粒非常美麗而整齊，讓人覺得這若不是機器根本弄不出來。若真的是天然的土粒，那的確是非常神奇。如果日本遭逢國難，會因為可怕的飢荒而導致沒有足夠的米吃，大家都會餓死。到時候只有大本教徒能夠仰賴神明恩賜的御土米，每天只要吃兩、三顆就能活下去。那種災厄時期，是神明要篩選人類、只留下一心向神之人，最後會只剩下大本教徒由國難中獲救，成為一個國民只有大本教徒、閃閃發光的新日本世界。這就是所謂的世界重建。

我吞了四、五粒有如藥丸的御土米，嘗起來完全就是泥土的味道。或許因為我並非信徒，又或者目前國難尚未來臨，反正我的肚子還是很餓。

我在第三天的上午，就向剛結束早晨祈禱的清野少年道別、逃離這山上。

因為對於異教徒的我來說，這裡實在令我坐立難安，而且大本教的氣氛真是讓我呼吸困難。我想，就算之後要去拜訪清野，也絕對不會到山上那瀑布去，而是請他下來山谷河流岸邊的旅館吧。在瀑布旁的修行所根本無法放鬆談話，也很難把清野的心情帶回中學時期。我對於大本教本身並沒有興趣，只是想知道信仰大本教的少年的內心樣貌。對於他的信仰之心，我感到非常羨慕，那洗滌了我的心靈。如果大本教是邪教，那麼我或許應該試著讓他從迷惘中清醒，然而我似乎做不到，而且也無法輕鬆地說出應該要這麼做。

清野少年並非是為了排解痛苦內心的憂悶而尋求神明，也不是曾經試圖反抗、最後才臣服於神明面前，而是他父親所信仰的宗教，就這樣自然地流入了那孩子心中。就算是修行的時候，他大概也不會遇到邪念阻礙或者懷疑迷惘吧。應該會輕鬆走上相當平坦而光明的道路，或者該說，他是不需要修行的信徒。他並不需要經歷信仰的艱苦行為，或試著讓心境攀登到更高處，只要別汙染了自己出生時所具備的心境，用信仰支撐下去就可以了。

就算是聽聞清野談論信仰之事，我也感受不到任何壓迫或者勉強，也沒有感到對理性的反抗。雖然相信那種我認為只是無稽之談的事情，說起來也算是偏執，但是他的心中並沒有那種固執，就只是開朗、愉快地微笑著。就算他的微笑當中多少混有一些詭異之處，那少年單純沒有雜質的信仰之心仍流向我，我被他的信仰之心感染上了快樂，而非由於他所信仰的東西。

看見清野少年受瀑布沖打的樣子，我真的大受感動、驚訝地睜大眼睛。

修行者們奉行著不洗煮沸水的主義，因此在瀑布、河流中齋戒沐浴淨身。瀑布上有陰暗的樹蔭，我雖然帶著柯達相機，但即使是在夏季正午，只用二十五分之一或五十分之一秒的快門也根本不可能拍得了這座瀑布。落下的水量相當大，高度可能不到十三米半吧。我剛到的時候因為天氣很熱，清野馬上邀我去瀑布。他在長髮上戴了個橡膠泳帽類的東西。

大本教徒會留長髮，據說是因為他們相信好的神明會從頭髮進入。另外，邪神會從指頭之間進入，所以清野教我能夠祛除邪神的結印手勢。

光是靠近瀑布，我就覺得肌膚寒涼。坐在樹蔭涼亭下聽著瀑布的聲音，我就不想下去了。

耳邊傳來足以晃動水聲的朗朗祈禱之聲，啊，少年身後出現了背光。他端正坐在岩石上，閉著眼睛在瀑布下淋水。全身共鳴念誦祈禱之語，合掌的雙手緊貼胸前。有時會以合掌的動作將手腕直直往前伸出，這個動作正是用來祛除從指縫間進入的惡靈。

我怎麼看都覺得少年的身體被光芒包圍著，仔細想想這也很正常，其實就是瀑布落下的水打在他的身上，那些細小的水沫反光因此在他的身體周圍形成一層帶有光芒的白霧。但是他的身體維持那與美麗精神統一的樣貌，靜靜地一動也不動，那濡溼的臉龐帶著法喜及安穩的神色，樣貌充滿慈悲與和平，絲毫沒有流露出修行的艱難，以及自己同時承受著的肉體苦痛。但看上去也不像是這修行對他來説已經不再艱難，更沒有因為修行的艱難達到更高一層而流露喜悅。那是非常接近與生俱來的無心自然樣貌，但確實是相當神聖。我感到自己有生以來第一次見到所謂的靈光，而不禁渾身起了雞皮疙瘩。接下來又覺得理當抗拒，而試圖振作自己的精神。

清野從前不是皈依於我的嗎？但是他在瀑布水花之下呈現背後發光的身體與臉龐上那高潔的精神，豈是我能夠與之比擬的？我在大感驚愕以後隨即心生嫉妒。

離開瀑布來到我身邊的少年，笑得彷彿已經忘了自己剛才還在瀑布的沖打之下。在瀑布下的他，完全就是另一個人。後來不管他怎麼邀約，我都不肯再去瀑布。

我離開的時候，清野一路送我到幾乎像是個小山丘的巨大岩石邊。他就坐在那岩石上，遠遠目送我一路下到山谷去。

十一

在〈湯之島的回憶〉中關於清野少年的回憶部分，之前我便已提過，並沒有像〈伊豆的舞孃〉那樣整合起來。現在若要把這些東西整理成小說的形式，我也覺得不太自然。〈伊豆的舞孃〉幾乎就是以〈湯之島的回憶〉為原型，改成了小說的樣貌，而這篇〈少年〉我不打算調整成小說的樣子，正是希望能夠盡可能活用〈湯之島的回憶〉的原貌。

〈少年〉是我將中學時代的日記、高等學校時代的作文信件、大學時代這篇〈湯之島的回憶〉都收集起來，然後添上一些我五十歲的三言兩語結合在一起。

嵯峨訪問記就在清野「坐在那岩石上，遠遠目送我一路下到山谷去」告一段落。

接下來約莫是清野少年的存在對我來說的意義、感化之類的東西，寫得非常支離破碎又很自我。所以這一段就後面再提，還是先把清野對神明信仰的紀錄挑出來。

發現清野似乎信仰著我沒聽過的神明，是在我中學五年級四月的時候，也就是他來到宿舍沒多久以後。

有次我發燒睡著，那時大約是下午兩點以後，因為發燒而只能淺眠的我隱隱約約醒了過來。醒過來的時候，我聽見清野的聲音正在反覆誦念著我聽不懂的句子。正是因為他的聲音，我的睡意更加消退。略略睜開眼睛，發現清野和另一名室友坐在我的枕旁，想來他們是在照顧生病的我。清野雙手合十搖晃著身體，不斷念誦著句子。我立刻緊閉眼睛，兩人都沒發現我醒了過來。

「利利沙沙、利利沙沙、利利沙沙、利利沙沙……」

聽起來是這樣，我想應該是加持祈禱的一種吧。

因為清野實在非常認真，所以另一名室友看似也笑不出來。

要是我忽然睜開眼睛，讓他們知道我聽見了奇妙的祈禱，感覺就會像是碰觸了清野的秘密一樣，總覺得他可能會感到很羞愧，所以我始終一動也不動。只有在他們幫我更換額頭上的溼毛巾時，才稍稍睜開眼睛。

到了第二天，不管是清野還是我都沒有提那什麼利利沙沙。我就算心中存有幾分好奇，也對於他無比認真又努力為了我祈禱的樣子帶有好感。有時腦中還會浮現他念著利利沙沙的聲音，讓我獨自苦笑了起來。

一直到我們後來相當親近了，我才試著問他利利沙沙是什麼。清野並不覺得這問題討人厭，也不覺得困擾，只是天真無邪地笑著說，是你不認識的高強神明的祈禱，所以你的病就治好了。

他後來才陸陸續續地告訴我關於那神明的事，當下的內容通常沒什麼道理，也不是很完整。我否定神聖之物的存在，而是單純面對他。我對清野信仰的神明和相關的教誨都不清楚，因此不能攻擊他的神。一般來說我也不是什麼無神論者，只是喜歡反駁一些無聊的漏洞理論，而一旦逼問他那些事情，他就會逃避著說自己無法好好說明，可以到他家問問他父親。

而且我不相信他所信仰的神，這件事情對於清野來說好像很難理解。他似乎是覺得這樣非常不自然，認為只是我的時機尚未來臨罷了，而那時刻終究會降臨。清野認為，相信那位神明、為了那位神明工作，就是優秀而正經的人類唯一的道路。因此在他看來，我也應該是要為了那神明而生的人類。後來清野終於連「你是承受神命之人」這種話都說了出口。你是應當為神做些要事的人，只是你自己還沒發現，不過你終有一天會理解的。清野說我是神明所挑選出來的人類。他說這話的時候，絲毫沒有惹人厭或者鬧脾氣之類的感覺，完全就是流露出一派天真、率直的虔誠，是愛與敬意的體現。清野就是這些地方讓我覺得，他將我與他的神明重疊在一起。我不禁覺得，他是否下意識地將我放在了那神明的座位之上。

我在離開東京之後，才明確曉得清野的信仰被稱為大本教。

我前往嵯峨深山拜訪清野的時候，他已經變得相當穩定，不會急著硬要將我和神明連結在一起。雖然他看起來已經遠離我而更加接近神明了，但也還是有種相信我終有一天將歸順於大本教神明之下，而他只需要放心等待時機降臨的感覺。

話說回來，我想清野仍然會像利利沙沙那時一樣，願意為了我而念禱。像他這樣的人所做的祈禱，才會被神明嘉許吧。

這樣想來，就算如今我沒有信仰大本教，到了教典中預言世界將要重建之時，我應該也會在清野的祈禱之下，獲得神明保佑而能萬事平安吧。

文章大約就是這樣的風格，我稍稍混入了一些玩笑的語氣。但是，會對於第二代及第三代教祖去泡溫泉特別有興趣而寫了那麼長一段，最終還是因為清野。然而寫歸寫，我不曾認真地關心過大本教。

在那亂寫一通的段落之後，仍是大半混雜了些胡說的內容。

意外在天城山腳下湯之島溫泉遇到了清野他們的降世神明第二代與第三代教祖，實在是相當偶然，莫不是有某種機緣巧合嗎？清野在嵯峨深山的瀑布下承受沖打並為我祈禱，或許便是那祈禱的力量起了作用？在我經常來此一陣子以後，這旅館的一家子也都成了虔誠的大本教信徒。

十二

他坐在那嵯峨深山的巨大岩石上，遠遠目送我一路下到山谷去。由那時起，我就沒再見過清野。那是大正九年、我二十二歲的夏天，已經是匆匆三十年前的事情了。

我在中學宿舍當中和清野住在同一間房，是大正五年的春天到大正六年的春天。那時我五年級，而室友清野等人是二年級的學生。

我已經從那時的日記，抄出大正五年十二月十四日和大正六年一月二十一日的部分在前面了，後面再挑選一些有出現清野之名的日子。

日記是從大正五年九月十八日開始的，在十一月二十三日的日記當中寫著：

「昨天晚上躺上床以後一言不發地睡著了。

「忽然在黑暗之中醒來，握了握清野溫暖的臂膀。我整條左手都能夠感受到清野的皮膚傳過來的溫暖，清野一副不知情似地抱著我的手臂睡覺。

「大概從十天前就一直是這樣，不管是在我睡前，還是由睡眠中醒來都一樣。」

也就是說，我和清野的這種關係，是從大約十一月二十三日的十天前左右開始的。

九月十八日的日記上雖然沒有清野之名，不過那是這份日記的第一天，所以還是抄寫下來。

日記在九月十八日之後就跳到十一月二十三日了，沒有中間的日記。

大正五年九月十八日。晴天。

鬧鐘沒有響，所以我睡過頭，是跑腿的來叫我。

在小泉穿著睡衣搖起床鈴的同時我到了樓下，前往冷水浴場。

月亮白皙掛在正上方。

七點四十分到學校。

體操課翹掉了，趴在宿舍的榻榻米上讀《法蘭西物語》[45]。

今天也這樣，想到早上去了學校有得到些什麼回來嗎？就覺得很悲哀。就算每天面對學校的教育，也彷彿自己是個異教徒般渾渾噩噩度日，拖拖拉拉地就這樣過了五年，轉眼間已經要畢業了。要放棄這種生活，就得明白自己實在是天分不足、難以仰仗，但又因為有著希望生活平安、畏懼鬥爭這樣懦弱的心而感到躊躇，所以一直妥協著活到現在。若是拿回先前所花費的金錢、時間與勞力，獨自走在我自己的道路上，想來一定、一定能夠達到某個程度，掌握一個比較牢靠的自我吧。

但我也快要從這種生活中解脫了。

然而學生生活若要繼續下去，會不會一樣感到幻滅呢？我不禁感到相當不安。

啊啊，我真想將自己這被賜予的生命都燃燒殆盡。

這是個星空美麗的夜晚。

乳白色的緞帶從夜空中間橫跨過去。

在熄燈的寢室窗户上，我凝視著今晚更顯鮮豔的北十字星。

花袋[46]

時光荏苒。

能鮮明感受到

流轉而去的時光之聲。

是那聲音。

是那聲音。

大正五年十一月二十三日。晴天。

我周遭的少年們總是看起來相當不祥，總覺得大家的眼瞳看來都只是洞穴，毫無光芒閃爍。這讓我甚至生起了敵對之心，想要叫他們看看當下的念頭，使我幾乎要變得沉默又憂鬱。以自己受虐、扭曲的心看待大家，就會感到相當可恥；看見單純又老實之人，就會真心覺得羞愧。我這疑心病重又壞心眼的內心，已經無法恢復為少年之心。

就連我原先那樣相信又疼愛的室友們，我都覺得無趣，這是怎麼了呢？

昨天晚上躺上床以後一言不發地睡著了。

忽然在黑暗之中醒來，握了握清野溫暖的臂膀。我整條左手都能夠感受到清野的皮膚傳過來的溫暖，清野一副不知情似地抱著我的手臂睡覺。

大概從十天前就一直是這樣，不管是在我睡前，還是由睡眠中醒來都一樣。

清野只是想為我冰冷的手提供一些溫暖，就只是這樣而已。

正當我打算吃早餐時，有通電話打給清野，說是因為祖母死了，他必須返鄉一趟。

回到寢室，我和杉山兩個人，將杉山來時用來打包少量行李的舊國旗，綁在竹竿上掛到窗外[47]。

訂購了羽織。去散步。

清野回去了。

室友們看著我一臉泰然的樣子。

其實我總覺得安不下心，所以帶著室友小泉出門前往千里山。先前從通勤學生Y那裡聽來一些傳聞，想去看看那傳說中的少女，然而飄盪著嶄新氣息的醫院大門卻是關上的。今天休診。回來的時候已經中午了。

腦袋渾渾噩噩，躺在草皮上沐浴著溫暖的陽光。

回到房間，開始有一會兒沒一會兒地讀《死之勝利》[48]，又試著翻開了《復活》，卻還是提不起勁閱讀，之後S來了，我便外出。去了T書店。雖然已經清了債款，但還是跟這間店關係不太好。

一年級的N也來到店裡，我直直盯著這位少年看。N看起來是那麼美，幾乎令我想用力抓痛自己、想哭出來。

想來N不久後也會進入思春期，如今的美麗就會消失。我也將從N等人身邊離去。我雖然能直勾勾盯著此等美麗，卻沒有留下任何接觸就要離開這個城鎮，不禁感到萬分寂寞。N總是在我的腦海中，但是N對我來說是什麼呢？在許多美麗少女的眼中，N似乎是非常可愛的。若現在有誘惑我死去的東西，那麼便是這醜陋的悲哀了。

晚上我沒去聽演講，而是躺上床睡覺。

清野還沒有回來，小泉睡在我旁邊。我與和清野相處時一樣，玩弄著小泉的手。

大正五年十一月二十四日。星期五。陰天。

去洗了兩三天沒洗的冷水澡。

這幾天的天氣一直陰晴不定。

讀白鳥的〈死者生者〉[49]。

去郵局匯七圓，付貨款給訂購羽織的萬嘉。

散步回來的時候順便和H去足立的柑仔店，正好室友小泉與杉山也來了。

整理書籍。心情很不安穩。

就像昨天那被我稱為N的一年級少年一樣，我的目光轉為集中在一年級的少年M身上。

昨天中午時分，我在宿舍的舊自修室裡舉辦的展覽會上，發現了這個美麗的臉頰。他將帽子拉得很低，隱約露出了眉眼及額頭。今天他沒戴帽子，我看著他的臉頰。他是通勤學生，叫做M。那是令人心情愉悅的薔薇色臉頰，我第一次看到如此鮮活的臉頰。那大大的眼睛與濃眉都被薔薇色包裹著，那種稍微殘留一些孩子氣的感覺，更加令人覺得可愛。

之後我在鎮上看到了頗為美麗的少女。她的裝扮並不是很好，抱著孩子、戴著眼鏡。（自從聽説醫生女兒的事後，我就特別留意女性的眼鏡。）

但這些事情到底是能成就些什麼呢？看到稍微有些美麗的東西時，我的心中到底發生了什麼事？

為何我會這樣討人厭？

讀了《新潮》上「《受難者》的批評」[50]。真希望自己閱讀赤木桁平[51]的東西時，還保有未曾遇到女人的那份童貞。

大正五年十一月二十五日。星期六。雨。

昨晚清野回來了。

我對於室友的心情搖擺不定。

或許真正的愛已經逝去了。那位我像弟弟一般疼愛、希望他只想著我一人的少年已經不在了。就像我對他們失去了興致，室友們或許也對我失去了興致，一這麼想便覺得萬分寂寞。總覺得還是希望他們能夠想著我。

讀了田山花袋的〈獨自一人在山莊〉[52]。

不知是怎麼回事，實在沒辦法在房間裡靜下心來讀書，所以去散了個步，但回來以後還是覺得心緒紛亂，只好約片岡同學去剪頭髮。

午後時分下的雨讓道路上積了些水窪。

在理髮店借了毛巾和肥皂，與來此會合的中澤同學一起跑去最近的澡堂。三個人一起清清爽爽地回來。

走到校門附近，獨自歸來的白川美麗地笑著、拿下帽子低頭致意。我們面面相覷、當場呆立，因為不知道他是在對誰敬禮。

白川是全校第一的美少年，沒有其他少年比他更加「well-favored」。

他比我們低一年級，是非常認真的人，原先也經常在我的幻想當中現身，不過自從發現他白皙的臉龐上有兩三個小雀斑以後，就覺得美麗產生了瑕疵，因此也忘記了他。然而我是第一次像今天這樣，被令人感到恍惚的少年之美震撼。

晚上，稍微讀了一點長江先生翻譯的《死之勝利》。

再重新閱讀欠田同學的習作〈再生〉吧。

聽見了顫抖的尺八聲。

雨聲雖然停了，但外頭似乎還是很暗，書盒的形狀清楚映照在窗玻璃上。

大正五年十一月二十六日。星期天。雨。

總覺得在沒有室友那溫暖胸膛、手臂及唇瓣的觸感中睡著，實在非常寂寞。

清野似乎還是那樣單純。

「我完全沒有什麼事是只在內心想想，而沒說出來的。」有一次他這麼說。

「真的嗎？真的嗎？」我固執地追問。

「真的啦。如果只是默默在心裡想，就會擔心得受不了呀。」

清野就是這樣的少年。他雖然不太願意認輸，但是個老實的孩子。

「我的身體奉獻給你，隨你處置。要殺要活，都隨你意。或者你要吃，還是要養，也都隨你意。」

昨晚他還淡然對我說著這種話。

「先前就算握著，醒來之後也還是鬆開了呢。」他說著又用力抱緊了我的手臂。

我覺得他這樣子實在惹人憐愛。

半夜醒過來，清野那呆滯的臉龐便浮現在眼前。再怎麼說，沒有肉體之美處，就沒有辦法引發我的憧憬。

空氣悶溼，昨天晚上開始下的雨濡溼校舍。

洗了冷水澡回來以後，更覺得室內惡臭難忍令人呼吸困難。雖然那是杉山可悲的惡習，但是睡在杉山旁邊的小泉實在令人感到可憐。

為何我的注意力會變得如此渙散呢？實在是無法好好靜下心來。別說是寫作了，就連要讀書也是，連個十頁都無法一次讀完。——就算是在寫這份日記，也覺得頭痛欲裂。我拚了命地搖頭，還用拳頭敲打著腦袋。

搖搖晃晃地去鎮上散了步回來，面對著書桌卻老是呻吟。不知道如何才能夠治好，總覺得快要發狂了。

拋下各式各樣的書籍以後，我讀了兩三篇寶塚少女歌劇[53]的劇本。下午和H君外出，昨天拜託人家修的帽子已經修好，便戴著回來。

星期日下了整天的雨，連門都變得潮溼，關也關不緊。

晚上正在閱讀小劍的〈第二代〉[54]時，到了春日切斷指頭的那一段實在是不行了。想著頭這般刺痛到底該如何是好，莫名地直搖頭。

不知為何我在閱讀手術或者受傷的描寫時，就會瘋狂地覺得自己受到威脅。強烈留在腦海當中的，還有像是以下的段落，比方說小山內的〈信件浴澡〉[55]當中切斷手指的場景，還有一些鏡花[56]的東西，都清晰留在腦中。

要是讓我看到實物，我的心臟會面臨怎樣的恐懼呢？

到了晚上，已兩三日未見的星子終於亮了起來，告知明天的天氣。

今夜我打從心底喜愛清野。

早晨醒過來的時候，有些難得地發生了地震。

大正五年十一月二十七日。星期一。陰天。

——累積共寫了十幾張的日記，都收在書桌抽屜裡。室友們都知道這件事情。他們都是些心靈比我還要正直之人，雖然應該是沒問題，但很難保證他們不會一時好奇心起。而且朋友們也可能會因為什麼緣故，試著來打開我的書桌。這麼一想，真令人害怕。如今的我，連要將這些東西給最親近之人閱讀的勇氣也沒有。像這樣絮絮叨叨地寫下赤裸裸的自我，要是被誰看見了，對我來說應該是相當糟糕的。太危險了。室友當中我雖然相信清野和小泉，但一想到要是杉山讀了以後肯定還是一臉平靜，就覺得有些毛骨悚然。還是得想想辦法。

從睡鋪處起身打開窗戶，那乳白色朝霧的細小粒子便可愛地停留在手上，令人欣喜。

第二堂課是倫理的考試。因為可以翻開教科書參考，所以學生必須用寫論文的心態去面對問題才行。得要以「我認為——」開頭，然後寫下一長段自己的想法。我總覺得自己文思接不大上、想不出適當的遣詞用字、前後好像有些矛盾、道理似乎也不夠透徹，不過還是愉快地寫下了答案。比較痛苦的大概就是若不展現出自己崇敬老舊道德，就很難達成齋藤老師所要求的結論。

三點半的時候，我在澤田鐘錶店，拿著令人身心舒暢的銀製物件，並發現自己正興奮地凝視著它。我實在無法壓抑自己猛烈燃燒的欲望，被那雕刻著華貴圖樣的小型銀錶吸引，所以拚了命地趕來此處。

但是小型物品當中沒有我想要的，因此店家讓我看了大的物件。我看見一個銀製並散鑲著七寶的華美物品，那是最貴的。就連我的虛榮心也無可奈何，無論如何就是會選擇最貴的東西，這是我的惡習，也是本能。

還加上了有金屬裝飾的皮繩。

畢竟一開始就是要來買東西的，因此我將存摺和印章遞給店主人，請他去郵局領出我的存款。雖然我一而再、再而三地不斷拜託他，但他始終不願意，我只好推推拖拖地自己去了。從十一月上旬起我領了三圓、七圓，這次要領十四圓二十錢。我因為在意郵局的人而感到羞愧，總覺得於心不安。

電燈都亮了我才走出店家，還刻意遠遠繞過堤防，不斷偷看那錶，覺得實在開心。正走下坡時遇到了大口同學，連忙把懷錶收了起來。

晚上，吳服店將修整好的羽織拿來了，這件羽織上也有著各式各樣的思念。

五十圓的存款、睡衣、羽織、銀錶，都有如孤兒的象徵，寄宿著我的眼淚。在祖父死後容我自由使用的遺產，便是先前藏起來的勸業銀行債券五十圓，也就是那份存款。

大正五年十二月一日。星期五。晴天。

——正為了要交給學校的「學生日記」而忙碌著，沒辦法細寫這份日記。——

月曆上的冬季降臨了。

先前到手的錶似乎時間不太正確，下定決心要拿回去給澤田。店主人不在，所以我說我就先把東西留下。雖然有請對方調一個一樣的貨過來，對方卻說若是沒有的話也只能請我忍耐，他們會修好現在這個。若是後者，那我乾脆拒絕掉好了，不如去大阪買一個更合我意、更高價的東西。

我真的喜歡上了清野。

對他說：「成為我的企鵝吧。」而他也回我：「當然好。」

大正五年十二月二日。星期六。雨。

雖然完全沒有複習，不過英文文法考試似乎考得還行。

回到宿舍以後，去了趟我仍然相當在意的澤田鐘錶店，但是前往大阪的快遞好像還沒回來。

去了趟澡堂，大概沒人像我這麼喜歡泡澡的吧。出來以後去了附近的烏龍麵店，吃了豬肉烏龍麵和豬肉鍋。一個衣衫襤褸的小孩故作親暱地進了屋子，與這孩子說了許多話，覺得心靈平靜，所以先是拿了些烏龍麵和肉放在他手上，之後又放在蓋子上拿給他。看他狼吞虎嚥的樣子實在讓人悲傷。詢問店家的人，也不知道他是誰家的孩子。

在岸本書店買了《新潮》與從東京送來的《文藝雜誌》，在雨傘下攤開來邊讀邊回去。

杉山回老家了，只有清野、小泉和我。總覺得空氣相當柔和。或許是因為杉山那慣有的惡習造成他的周邊總有臭味，所以我實在無法喜歡他。清野、小泉……？我希望能夠與更多更多燃燒愛情的少年們打造房間。

雖然得要趕快寫學生日記，但今晚還是打算閒聊度過，所以和小泉他們一起圍著火缽。

大口同學來了，表示有事情找我商量，拿了封信給我看。說是從和我同一個町內名為河內的僧侶之子寫來的。我透過大口同學借了許多小說給這名少年，也知道他耽溺文學之中、不甘於自己要繼承寺廟一事。

大口同學是在昨天收到這封信的。因為他和K君、M君等人吵吵鬧鬧了許久，上課的時候M君好像還幫忙寫回信之類的，我還以為是女性寫給他的信。想著他們應該會拿給我看吧，所以就等著。但居然是個男人寫來的，還真是有點失望。

一讀之下才知道——這位名為河內的少年在秋天的深夜，收到大口同學表示他看著「你那無罪、尚未對異性有所認知的妹妹」的睡臉入迷，忍不住要回覆大口同學而寫下了這封信。若這是清純的愛、若這是你對妹妹的愛，那麼我會喜悅地認可你這獨一無二朋友，對於我妹妹的愛。我明白愛戀年輕女孩的心靈不可能沒有伴隨黑暗的欲望，但我打從心底相信你。如果你願意認真去愛，那麼我也沒有資格對你說三道四。

而大口同學要拜託我的事情，則是他約好要借《受難者》給河內，所以拜託我借給他。我很勉強地答應了。

我想大口同學的愛，應該是好奇心居多吧。那個妹妹是什麼樣的女孩呢？真想見見她。總之我非常羨慕大口同學的勇氣，他還真是相當有魄力。他將事情告知所愛之人的哥哥以後，打算如何背負責任呢？他把信件拿給一大堆朋友看，還讓人朗誦請別人代筆的回信，若河內和他妹妹對此事相當認真的話，我實在為他們感到有些可憐。真不知道河內相信大口同學到何等程度，又有多重視妹妹，還有他是怎麼思考戀愛這回事的？總之實在有點不負責任。

我要到哪時才會有勇氣向別人表明自己的戀慕呢？實在令人悲傷。我不期待大口同學的戀愛能夠成功，這算是嫉妒嗎？

晚上右擁清野、左擁小泉的臂膀入眠。

大正五年十二月三日。星期天。晴天。

一心都在錶上，安不下心來。

吃過早餐以後，拿著《徒然草》[57]的請款單和存摺前往虎谷書店。店家似乎剛開門，說店裡沒有，需要調貨。

鎮上朝靄東飄西盪流過，相當清新，鐘錶店仍然大門緊閉，實在令人煩躁。想著在店家開門前先去散步好了，因此走向前往T村的小路。路上只遇到了堆滿番薯、從河內過來的車子，並沒有其他人走過。

我抬頭挺胸地走著，身體深處湧現喜悅，心也變得相當勇敢。今天早上寄出了索取入學須知書的信件給一高，便認真思考起入學的事情。我很早就決定要去三田或早稻田的文科，但又忽然想到了帝大，因此聯想到一高。昨天傍晚忽然強烈地憧憬起向陵[58]。

散步三十分鐘左右，又回到澤田鐘錶店。過了一會兒，店主人終於現身，說大阪似乎也沒有相同型號的錶，請我忍忍吧，因此我又帶著原先的錶回來了。

在堀書店用現金買下托爾斯泰叢書中的《伊凡．伊里奇之死》，我只剩下二十多錢了。

寫學生日記。

下午，那錶的時針與分針還是沒能好好指向正確的時間，我想把它撥到正確處，結果啪的一聲就斷了。覺得實在太丟臉而不敢去澤田，只好到石井鐘錶店請他們幫我裝上。

S君約我出門，吃了小田卷蒸[59]和鴨南蠻[60]麵以後去泡澡。

明天要考立體幾何，所以熄燈後我去圖書閱覽室稍微念了點書，之後又在事務室和N聊到十一點左右。

大正五年十二月六日。星期三。晴天。

早上，將寫給京都M的信件拿去投遞。

欠田同學拿了《Guy de Maupassant's Short Stories》[61]過來。

地理考試雖然可以打開教科書參考，但題目非常難。

代數我也相當開心地做完，國語課也有好好聽講，歷史也聽得很認真，因為我忽然想去考一高——

吃完午餐以後，要在教室進行十二指腸蟲的問診，但我開溜了。我的室友全部都被懷疑有問題，得要檢查糞便。

我想著就當成念書前的運動吧，準備好去泡澡的東西便外出了。看了一圈澡堂，確認這裡沒有認識的人、沒有年輕人，也沒有女人，我才好好地將自己的肉體映照在鏡子當中。

肉體之美、肉體之美、容貌之美、容貌之美，我究竟有多麼崇敬著美麗呢？我的身體依然如此蒼白無力。我的臉龐一點兒也沒有年輕的感覺，發黃而陰沉的眼睛相當銳利，甚至可說是充滿血絲。

去了虎屋書店，膽戰心驚地領了青木及佐野兩人共著的《徒然草新釋》，告訴店長說前幾日已經向舍監請款云云，便逃了出來。無論是前幾天借《新潮》還是拿《徒然草》，真不知道店家聽了我的話都是怎麼想的。

去了百瀨租書店，借了柳浪的《今戶心中》與虛子的《俳諧師》。

晚上，查了第四級讀本的第一課和第二課，也試著做了代數。

杉山今晚也醒著念書。

大正五年十二月七日。星期四。晴天。

昨晚，我很認真地想著，應該要真正地愛室友們，更加老實地活在室友的心裡，將純真擁抱在自己的懷中。

今天早上也真心覺得清野的胸口、手臂、唇瓣、牙齒，碰觸我手的感觸實在可愛極了。最是愛我、願意容忍我一切的，肯定就是這名少年了。

生方敏郎[62]又寄了明信片來，用鋼筆草草寫著七日下午四點在大阪高津神社內的梅屋要舉辦《文藝雜誌》同好聚會，希望我務必出席。這實在令人高興。我真的很想去。就算那是漢文課的時間我也絕對要去，就穿那件新買的有袖鋪棉羽織去吧，去郵局領幾塊錢出來再過去好了，心裡想著這些、萬分興奮地走出教室。正要走進教職員辦公室向稻葉老師表示因為家裡有事、請他讓我回鄉一趟的時候，我又陷入思考。以我的年齡，能與聚集在同好聚會的那些人好好談話嗎？更何況我有相應的知識嗎？如此重大之事，而我是這等姿態與容貌？……想著我還是送個祝賀電報過去就好吧，但畢竟沒有錢，所以只得打消這個念頭，決定等生方先生回到東京以後再寫信給他。下午三點左右我便已忘記這事。

第一堂課是體操，結束的時候甲班的U同學叫住我說「你過來一下」，好像是東京的中學生與女學生集合要發行文藝雜誌，問我願不願意成為會員。我告訴對方相當樂意。

越來越想去一高了。

夜晚月光如水。

（大正五年十二月十四日的日記在前面放過了，此處跳過。）

大正五年十二月二十三日。星期六。晴天。回鄉。

每當接近長假，我就會慢慢感受到一種無家孤兒的寂寞感。

到明年七日前都見不到室友們，因此昨晚大家都拿了點心一起吃。今天早上我則與清野擁抱接吻。

英語課堂上，倉崎老師告知大家第二學期的英文成績。譯讀九十分、英語作文會話九十一分，大概輸給U同學一兩分，但在乙班算是比較好的。

體操課貼出了「赤腳武裝集合」的公告，在杉本老師的號令下做了中隊訓練，但老師還真是一點都不懂軍隊的東西。

午餐後就是結業式了。

結業式之後還有本校畢業生海軍兵學校生某某氏的演講，我沒有聽便回去宿舍，收拾參考書和衣服等東西。

小泉搭兩點的火車回去了。

在我離開房間以前，清野也走了。

我雖然也能去搭兩點的火車，卻拖拖拉拉的。

大家都走了，我因此感到相當寂寞，決定明天再過來搬運石箱，穿上有袖羽織（我在信上寫說這是津江[63]那兒給我的），並戴上那七寶懷錶走出校舍。

途中等片岡同學一起到了車站，一看發現有許多稍早已經離校的人在此。抱著三個行李包搭車。大家的臉上都充滿了哀愁，彷彿要旅行到好遠好遠的國度盡頭。

我在下一站下車，讓人力車奔馳在已經染上西方天空黃色的荒野上，超前那些徒步的中學生，回到舅舅家。

進了家門便靠到火缽旁，讓他們看看我的懷錶和羽織，然後討了我不夠的五錢車資。

因為我寫信說自己想去一高，卻還沒有得到回應，所以實在不好開口說什麼，而且也不知道要和表哥聊些什麼。我要去一高的志願也不是那麼肯定，實在是相當不安。

手上閒著也是閒著，於是整理起了行李，然後每次回鄉的慣例，就是要到後方那六張榻榻米大的房間，向病榻上的外婆打聲招呼。這一家眾人對我有何抱怨，我總是能從外婆那兒聽來。我一邊擔心害怕，卻又怎樣都想知道。今天我很想知道大家對我那信的反應如何，但外婆似乎並不曉得這件事情。她一直說著種吉死了，還有我村子裡的事。

晚上也沒人提到一高的事。

上了床以後，試著詢問表哥關於H中尉[64]的近況，但也只能問到他今年仍然沒考上陸軍大學、已經放棄了，並打算今年升到大尉以後成為中隊長，大概一輩子也就這樣了吧。

大正五年十二月二十九日。晴天。融雪。

連續幾夜不得安眠。

與昨天相同，一早那些小佃農們便將大米包運來放在庭院中。

舅媽的頭痛似乎相當嚴重，不知何時已消瘦到臥病在床。

被外婆叫去那六張榻榻米大的房間裡，說是要我今天到鎮上買凍瘡藥、衛生紙、紅豆餡蒸饅頭、芥子饅頭回來，拿了一圓給我。約好今天去學校回來的時候買。

昨天寫好日記以後，我假裝去洗手間，其實是進了舅媽臥病的房間裡幫她按摩。我盡可能用力些，舅媽似乎也覺得舒坦許多，一直向我道謝。

稍微讀了點《徒然草》。

表弟早上騎腳踏車去鎮上的銀行，又從那裡繞到大阪去而回來晚了，家裡的人都很擔心。

由於外婆不斷催促，我只好盡快吃完早飯，向表哥借了買參考書要用的一圓五十錢，穿上袴褲和羽織出門。

融雪那種溼滑感真是噁心。荒原上的雪還沒融。

在車站遇到了欠田同學，他似乎是去學校看過成績、買了雜誌，回程要去趟大阪。馬上便提到了文學之事，據說各雜誌都要出新年號。

欠田同學說他要去東京，我才剛說加油，他便告訴我親戚們誇張地開了個會議、否決了這件事情，因此他也對於前途相當迷惘。還提到了清水同學，聽說他很認真要參加朝日新聞那獎金五百圓的長篇小說比賽，正在寫作。

「清水同學也說你來的時候要跟他說一聲，有空三人在我家聚聚吧。」欠田同學這麼說了。

學校非常安靜。

進了學生室，首先要看我的成績。七十五分、第八名。我從四年級升上五年級的時候是第十名，再往前一學期是第十八名，由此看來名次是有進步的。雖然學校成績什麼的實在很蠢，但想到有些呆頭呆腦的無聊傢伙會坐到自己後面，便覺得相當屈辱。第二學期坐在前面第二排更是蠢極了。我入學考試後以榜首之姿進入一年級，名次卻年年後退，若這樣還說我有腦袋，聽來也是可悲。已經沒有人認同我了。為了報復此事，我現在硬拚著也得要上一高。

在火車上，欠田同學也說我會把高等學校當成自己的志願，主要原因是在於想要報復那些認為我在肉體和學力上都低人一等的教師和學生。

同樣乙班的H同學是七十六分第三名，這讓我相當吃驚。M同學是同分第六名，大口同學在非常後面。仔細看成績表，才發現我擅長的物理課第一次考試是缺席的；第二次雖然連續兩天都用功到十二點左右，但還是出乎意料地失敗。另外還有怠於書寫學生日記、輕視國漢文等，這些是我沒能拿高分的主要原因，否則應該能夠再拉高個平均分數兩三分才是。我稍微筆記了宿舍裡同學的成績。

回到宿舍，拿出郵局的存摺和印鑑，去了趟郵局。郵局裡是個沒見過的年輕姑娘在辦事，或許是K先生的妻子，是個可愛的少女。面孔白皙的K先生也在。

去了虎谷書店，買下藤森良藏的《幾何學　思考模式與解法》、《代數學習方式、思考模式與解法》[65]兩本書的上卷、清水譯注的《英文日常用語講義》[66]、《中央公論》新年號，這些都用表哥給我的錢加上郵局領出來的錢付款。

和欠田同學分開以後去了宿舍，用包袱巾收拾了衣服，連忙趕回車站，但沒能搭上兩點的火車。買了郵票和明信片。

去了趟把我家賣掉時前來幫忙的家具店一趟。

天空染上夕陽色彩時回家。

走在路上邊讀谷崎的〈人魚之嘆〉[67]。

在這篇十二月二十九日的日記當中，竟然連我中學四、五年級的成績都記錄了下來，這對於五十歲的我來說也實在是意想不到。

我的中學那時候會用成績區分甲乙丙三班，因此就算我是乙班的第八名，上面也還有成績更好的甲班。以榜首成績入學的我一開始當然是甲班，不過忘了是在幾年級的時候便跌落到乙班了。乙班的第八名，成績大約是全年級的中間偏前段吧。

我在高等學校入學的成績雖然也不太壞，但之後也是越來越差。

十三

大正六年的日記從一月九日開始寫。九日之後就跳到十六日，接著只寫到二十二日就停了。

大正六年一月九日。星期二。晴天。

武術的冬季晨練應該所有住宿學生都要參加，因此I一早就來叫醒大家。室友小泉、杉山都去了，清野則缺席。窗外還是夜晚。

暖腳用的懷爐變涼了，乾脆推了出去，結果凍到縮起身子。晨鈴響完了才前往朝會。洗臉檯都結冰了。

將一高清單借給片岡同學。

到學校以後發現座位順序變了。

正如我在畫圖課上和S同學說的，如果我想從高等學校考進帝國大學的話，那將來乾脆就成為文學的學者吧。除了逐漸懷疑起自己創作的天分，最近我的內心正在往那個方向去也是事實。而我還不想拋下手上的筆。不，大概不會丟吧。還早得很呢。

回宿舍。複習《徒然草》和代數。

今天體育課的時候，杉本老師教導了一些「畢業以後需要的」東西。不管是昨天還是今天，老師說話的語氣都讓我銘感五內。我也不想再抱持任何惡意，只想獻上感謝。我不禁認為自己在學校當學生的時候，就應該要遵守校規、認真生活，這才是真正的生活。

鋪好床鋪，趕緊加熱暖腳用的懷爐。

大正六年一月十六日。星期二。

雖然讀阿部次郎[68]的《為藝術之藝術與為人生之藝術》讀得很痛苦，但感覺是篇很棒的論文，只是腦袋裡就是沒辦法好好認同。

和S同學約了去吃烏龍麵，除我以外還約了T同學一起出去。經過虎谷書店進去一看，發現山崎的《新英文解釋研究》[69]已經到了，就先取書。進了人潮洶湧大馬路上一間名為山新的烏龍麵店。湊巧福山老師也突然冒出來，連躲都來不及躲，連忙將頭磕到榻榻米上。與其說是覺得困擾，不如說是因為實在忍不住發笑。後來問了問店員，他似乎站在我旁邊卻沒有發現我們。N同學和M同學也來了。

T同學向我進菸，我就吸了。清水和欠田等其他通勤學生也來了。又繞到虎谷書店那裡散步往高橋，通勤的S同學為我們付了一圓多錢，和他道別以後正好回去吃晚餐。

晚上杉山說要去吃個零食，但我沒錢，就隨口回應當沒聽見。

大正六年一月十八日。星期四。晴天。

昨天晚上熄燈後四十分鐘左右，鑽進陰暗冰冷的被窩裡，清野還醒著，用他的手臂、胸口、臉頰為我溫暖凍僵的手，實在令我相當高興。今天早上則是熱烈而長久的擁抱。想來誰看見了都會覺得奇怪吧。實在不明白清野是怎麼想的，但我並不索求更多東西了。

下課後外出去找《文章軌範》[70]。

大正六年一月二十日。星期六。陰天。

四十七圓的郵政儲金已經只剩下一圓。前些日子領出來的一圓八十錢，也只剩下零錢包裡頭那一個孤零零的五十錢銅板。我的血液裡始終流動著大少爺氣息，由於我是這樣虛張聲勢之人，也因此吃了不少苦頭。沒有父母而由親戚扶養的悲傷，主要可能也來自金錢用度不自由，而且金錢這種東西，時常就會想要濫用。不經意發現自己連朋友還是其他東西也要斤斤計較的時候，便會覺得寂寞難忍。

由於這種面對朋友時的虛榮之心，讓我犧牲掉了許多書籍。今天早上也把與謝野晶子的《夏季給秋季的信》[71]、《女人的一生》[72]和白秋[73]、晚翠的詩集等書都塞進了去大阪要用的行李布包當中。

因為稻葉老師在烹飪室裡，所以我沒辦法從後門離開，結果錯過了一點的火車。

在車站遇到校長，實在無法可想，只好一臉平靜地向他行禮。畢竟手上拿著行李布包，他肯定會以為我是要回家。

我在福島那間熟悉的二手書店盡可能不要臉地爭取，把自己的書賣了一圓七十錢，清野那缺頁的辭典則換得八十錢。

去其他店買了《增鏡新釋》[74]、斯邁爾斯[75]的《品格論講義》、濱野的《新譯論語》[76]。這樣一來除了要給清野的錢以外，剩下不到三十錢。連忙趕往車站。

在月臺上看到柔和而美麗的少年，和他上了同一節車廂，一直凝視著他直到他下車，耽溺於病態的妄想之中。

陰沉的天空下了好一會兒雨才停。

（大正六年一月二十一日的日記前面已經抄了，這裡就跳過。）

大正六年一月二十二日。星期一。晴天。

早上U同學告訴我：「東京的E子寫了信來，說是身為女學生，不能夠寫信到中學的宿舍，要我跟你說一聲。」我一臉若無其事，只說我才將前幾天信件的回信寄出而已。

在宿舍裡的三堂自習課也還是無法靜下心來念書。第一堂課結束後我就說想吃烤麻糬，從寒冷的運動場上穿過樹籬笆偷跑出去，但已經賣完了，只好去一趟足立柑仔店，買了夜之梅、柿餅、蜜柑等東西回來。正和室友分享的時候，大口來了。明明昨晚發生了那種事情，他還是一副毫不在意、一點都不客氣的樣子。總覺得受到侮辱。若是大家對於英文課題有不同的意見，大口永遠想要用表決的方式來決定，天真地在宿舍裡繞來繞去，我總是忍不住感到憤怒。

熄燈後，我在事務室當中溫習《徒然草》，但一想到清野和小泉等人已經睡了，就總覺得大口令人相當不安。這讓我心慌意亂，只好早點回去。刻意壓低腳步聲上了階梯，悄悄地環視一圈走廊和房門以後才進入房間。什麼事情都沒發生。

因為清野醒了過來，所以今夜一如往常，我得以親近他溫暖的手臂及胸膛。

大正五年九月到大正六年一月為止這五個月內的日記，我將有清野名字的部分都抄了出來。

這份日記結束後再過兩個月，我便從中學畢業，前往東京了。我和清野的愛應該就如同這本日記當中描寫的那樣，一直持續到畢業吧。

但是在這五個月內，實在看不出我和清野之間的愛有任何發展或是變化。我們也不曾提到過愛恨。那愛的開始和後續都相當自然而安穩，輕柔地溫暖著回憶。

十四

中學時代的日記到此結束，因此再次回到大學時代的〈湯之島的回憶〉。

也就是說，「接下來約莫是清野少年的存在對我來說的意義、感化之類的東西，寫得非常支離破碎又很自我。所以這一段就後面再提……」那段說要後面再提的東西，就是接下來抄寫的部分。

高等學校時代我在信上寫著的「這樣的你對我來說就像是救贖的神明。……你就是我人生嶄新的驚愕。」也是類似的東西。

但是我在高等學校時代書寫信件時，並沒有看中學時代的日記，而且書寫〈湯之島的回憶〉時，我也已經忘了中學時代的日記和高等學校時代的信件。也就是說到了五十歲的現在，我才將這三份紀錄合併來看。

在〈湯之島的回憶〉當中，嵯峨訪問記在清野坐在巨大岩石上，遠遠目送我一路下到山谷去的部分告一段落，之後則是落落長一段「人在出生以後……」的感想。

人在出生以後，如果沒能將那些來自境遇以及周遭，又或是出生以前所謂遺傳之類染於自身的東西洗去幾分，並加以擺脫到某種反璞歸真的程度的話，似乎就不能成為真正的自己。那些染上身來的東西，為了讓人簡單易懂，在大本教裡就被假稱為惡靈，這種行為也就可以說是鎮魂歸神吧。

我二十歲的時候，和巡迴藝人一起旅行了五、六天。當時的我是那樣純情、分別時還流下了淚水，卻不單純是對於舞孃的感傷。就連現在，我也能這樣無謂地回想起舞孃，或許是因為她在我心靈剛成熟的日子，以女人的身分讓我動了些淡薄的戀愛心情吧。但那時候並非如此。

從幼年起，我這一路成長就是超越世間想像的不幸和不自然的，因此成了個相當固執扭曲的人類，相信自己消極而顫抖的心靈被關閉在小小的外殼中，並且因此而痛苦難忍。他人的好意對於像我這樣的人類來說，便更加感激不盡。我雖然認為自己的心靈相當畸形，卻又相反地難以逃脫那份畸形。

然而會這樣認定自己，除了自己有這樣的缺陷以外，我也發現這多半是由於我對自己異常的境遇有種少年渴望撒嬌的感傷，而且這樣的感傷是有些誇張了。後來我才察覺這些根本也不是什麼痛苦難忍之事。這對我來說是值得開心的。我會有此察覺，皆是因為人們向我表示的好意以及信任。我回想過去的自己，並思考這是為什麼呢？同時這也像我終於成功地從黑暗的地方逃脫。我終於能比從前更為自由和老實地走在太陽下。

我在頭一兩年真的非常討厭高等學校的宿舍生活，因為和中學五年級時的宿舍與那時的自由氛圍完全不同。同時我也相當在意自己幼年時代殘留的精神疾病，實在難以忍受可憐自己以及討厭自己的念頭。於是我便去了伊豆。

旅途風情、還有對於當時只認得大阪平原鄉下風景的我來說，伊豆的鄉下風光讓我的心靈得以緩解。然後我遇見了舞孃。她讓我見識到那種和巡迴藝人本性截然不同、帶有野性氣息的坦率善意。舞孃說的「他是個好人呢」和大嫂也認同我的那句話，讓我的心靈受到洗滌而清澈不已。我想，我是好人嗎？沒錯，我自己便能回答，我是好人。「是個好人」，如此意義平凡而俗氣的詞彙，對我來說就是盞明燈。從湯之野到下田，光是想到自己身為一個好人所以能和她們同行，就覺得實在令人高興。我在下田住宿處那窗邊、在輪船上，都因為滿足於舞孃說我是個好人，以及自己對於說我是好人的舞孃抱持好感這件事，流下暢懷的眼淚。現在想想，簡直就像一場夢。那時的我真是年輕。

剛進入高等學校的時候，我的想法也是如此。對於這樣的我來說，曾經和清野少年同住的那一年，就是我的救贖之一。是我精神這條路上的一種救贖。

清野在信上也好幾次提及，在嵯峨深山見面的時候也對我說過，他一輩子不會忘記我的恩情。我老實地接受他的感謝，同時也覺得自己可以向他撒嬌。因為我相當了解清野的心情。

我後來也對高等學校的宿舍產生了好感，但還是想對世間的鄉親父老們忠告一句，中學宿舍那種地方，無論是有什麼理由、什麼因素，都不要將孩子送進去。我在祖父死去後，因為自己只是一名中學生，實在沒辦法住在一間大房子裡，所以在親戚家借住了半年多，並且在四年級的春天進入宿舍。升上五年級的那個春天，第一次進宿舍成為我室友的清野是二年級的學生。他那時十六歲，因為生病而延後就學。

我張大眼睛，不可思議地望著他，心想竟然有這樣的人哪。我出生以來第一次遇到這樣的人，而且他也正如我所驚訝的，讓人覺得完全就是世間上不會再有的人。我拿他和自己的出身比較，很顯然對方的背後有著開朗家庭的溫暖以及賢明家人的愛，便忍不住可憐起自己。我想，是那場威脅他生命、讓他臥床一年多的大病，已將他的過去都洗滌乾淨，並讓他給人感覺有如新生兒般年幼而天真的氣息吧。即使如此，我還是覺得相當奇妙。

我將他和自己比較一番以後雖然厭惡起自己，但更因為他的奇妙而忘我，忍不住呆呆望著他。這麼一來，我也非常自然地打從心底浮現了微笑。就在此時，他便纏著我、靠上我的身子，我所說、所做的事情，還有那些暗地裡想著的東西，都毫無抵抗地老實流向他的心裡。那些我所言、所做、內心所藏之事，我都不曾在做了以後加以反省，也不曾讓我自身感到羞愧。而他也不曾反抗而冷淡對我，就只是接受了一切，我只看見他仰頭望著我時毫無陰影的雙眼。我的身形映照在他的心靈之窗上毫無陰影，我感受到出生以來未曾品嘗過的安心。消極地說，我由於自身境遇而時常厭惡自己，但從他身上反射而來的東西卻不會讓我感受到這一點，也因此我無法頑強地縮進自己狹窄的空間裡；積極地說，由於我的一切都會受到他的肯定，我便因為安心而感到自由，能放鬆地在他面前任性自我、將自己全部暴露出來，成為完全敞開的狀態。在他面前，我也能將自己染變為自己想成為的人，有如受到洗滌。

也因此，我才開始明確注意到，我由於自身境遇而背負的陰影，當中帶著我的感傷，並且那是過於誇張的感傷。同時也是他為我點起了一盞明燈照亮道路，讓我下定決心逃離那些沾染我身之物。恩情這個詞彙，其實應該是我要對他說才是。

若說他的心情是年幼孩子之心，又或純潔少女之心，就算有些相似，實際上又並非如此。他在離開我以後會成為迷途的孩子，說來或許也有些像是女人與自己賴以為生的男人分手以後，無法理清自己心情的那種感覺，但也不完全是這樣。一方面我認為自己受到他好的影響，也覺得他的心情相當高潔，同時也體會到該如何讓他用那種心情安穩度日。我想著要是沒有我，他該如何是好呢？他會怎麼樣呢？他所說的恩情，在離開我而更顯清晰的同時，他便會不知該何去何從，因此還讓他曾下定決心要休學。這想必這也就是他對於大本教的信仰，變得更加虔誠的另一個小因素吧。

在這段後面，寫的便是「發現清野似乎信仰著我沒聽過的神明，是在我中學五年級四月的時候」，也就是我發燒時清野為我念著「利利沙沙、利利沙沙」禱詞的事情。這個部分前面已經抄過了。後面又繼續寫著相當自我中心的感想。

我是否是由於自己現在的境遇、年幼即欠缺父母的孤獨，還有其他原因，而被「必須依靠自己」的自我中心以及自我崇拜給附身了呢？

在我的幼年時期，有位負責照顧我的農家婆婆。去年正月，我去探看這位罹病已久的婆婆。當我要離開的時候，婆婆用她那已相當不便的身體，硬是爬到緣廊，正坐在幾乎要掉下來的邊邊，對著我合掌後撲簌簌地落淚。婆婆禮拜著我離去的背影，對於她如此一心一意的舉動，我由衷感謝。這種時候，我的心靈清澈而毫無陰影，也能夠用清明的眼光看待自己的前途。

我的前室友清野少年皈依於我。遇到皈依於自己的人，使我能夠強悍地淨化自己、讓自己更加純淨，也因此想踏出嶄新的一步。我於此皈依之下，是否能夠獲得從未有過、輕鬆安穩的睡眠呢？如果不能在皈依這面鏡子當中眺望著自己映照出的身影，我的精神是否就會產生陰影？

若感覺就要生成陰影，那麼放任自己孤獨便可。來到湯之島溪流沉默十天再好不過。

過去那種擔憂精神疾病源頭的感傷，必須通過我理性的篩網，才會被我承認。是因為這樣，才養成了我的桀驁嗎？

然而，無論過去或現在，人們總是對我過於親切，我不斷領受那過多的好意。我絕對不相信在這個世界上有任何一名惡人，也不認為壞事都會降臨到我身上。相信著這件事情，能讓我感到安心。

我不曾真正對人抱持惡意，也不曾抱持真正的憎惡或者怨恨；不曾想要與人競爭，也不曾嫉妒他人；或許甚至不曾試圖反對他人。

一方面肯定所有人各自行動的方向與他們的角度，另一方面又像是在否定自己的同時也予以肯定。

在這段後面寫的是清野寄來的信件中提到的「聽見那長長走廊的盡頭傳來麻底草履的聲響，我總想著，是不是您呢？」，然後是我因為腳疾，第一次前往湯之島溫泉時發生的事。

十五

在我所書寫的所有舊稿當中，關於清野少年的部分大概就是以上這些。

但既然都拿出了這些，我就順便找了找裝著舊信件的束口布包和行李袋看看，結果找到二十二封清野寫給我的信件。還有和清野同樣是我室友的小泉、杉山的來信，以及幾封我和同學之間的往來信件。

清野的來信內容，對我來說比當時自己的日記和信件還要沒印象，也沒有相當明顯的心境表現，抄在這裡似乎顯得有些不足。但畢竟也是我與此少年之間紀錄的背書，也算多添加些說明，還能夠矯正一些我自以為是或者自大的想法，所以還是稍微挑揀一些寫下來比較好。

二十二封信當中最早的一封，日期是「大正六年四月四日午」，我的收件地址是淺草藏前的表哥家。我在中學畢業典禮的大後天，就為了參加入學考試而前往東京。當時中學是三月底畢業，而高等學校入學考試是在七月。

我到東京以後馬上就發了通知給清野，這四月四日的來信便是回覆我的通知。

（大正六年四月四日，清野來信。）

……雖然東京非常寬廣，但是您的朋友不多，想來一定非常寂寞吧，還請您務必盡量結交許多朋友，盡力念書。我是打從心底真心希望您如此。

我也在與您分別以後，一想到接下來我得要自己走下去，就覺得幾乎要昏厥過去了。但我不能總是依靠您。我實在無法不去想，希望您能與我在一起、讓我倚靠，至少再一年也好。但是您也將要成為出色的人，要是我說什麼希望您一直和我在一起，時勢是不會原諒我的。畢竟我已經有了新的室長，也不能老是懷念著原先的室長，但一這麼想又覺得更加寂寞，這陣子也很常做夢。我老是夢見我把您的書扔進火裡，並且因此哭泣。……

……我也盡可能地希望這封信能安慰您，不要讓您感到悲傷和寂寞。若是您的心靈受了傷，我願意打從心底溫暖您。我絕對不會忘記過往您的恩情。我並不會對於宿舍的上下階級之分感到痛苦。我想，只要升上三年級，我就能好好念書。但我相當軟弱，不容易抵抗他人的邀約。……

第二封信的日期是四月八日，時間是「八日早上十一點」。

清野回去宿舍以後，應該也遇上了新學年住宿生重新分房，信上寫了一室到十室的名冊。清野在第八室。

我在當成一高作文交出去的那封信上寫著「而且你離開我身邊以

後，與成了室長的北見，還有菊川及淺田同寢室。我還在學校的時候，菊川與淺田就因為是宿舍裡的美少年，非常受到學長們的矚目。」之類的，就是指這間第八室。

（大正六年五月二十一日，清野來信。）

實在是好久不見了，還請您見諒。一個人應該很寂寞吧？一個人應該相當寂寞吧？我打從心底真心在意您。……我的心中只想著您的事情。無論有多麼痛苦，我都會偷偷地安慰著您的心靈。還請您振作。我一定、一定會悄悄地為您祈福的，還請您安心。……

……前天有十英里賽跑呢，我在其他人的幫忙之下，好不容易抵達學校，腳卻因為受不了而抽筋了。昨天也想著要去鳴尾的網球大賽，都已經去到大阪了，卻突然覺得相當不舒服，只好去麻煩親戚。似乎又是心臟的問題。

這封信是寄到我在淺草西鳥越的租屋處。

（大正六年七月二十九日，清野來信。）

……入學考試辛苦了，如果沒通過的話，只要再好好念一年書，就絕對沒問題的。……

……我本來打算好好念書一學期，但是成績卻不理想，反而更糟了，我想只要下學期要更加勤奮就行了。……在學校要擔心許多事情，但是回家以後就完全不用擔心這些，我的心就像山峰一樣安穩。我不禁認為，這是因為自己逐漸轉變為誠實的人了。

我真的沒想到您會成為小說家，我原本確信您這樣的人物是會進入我等之道的人。「我等之道」聽起來或許相當詭異，但等您年紀大了自然會明白。

我此刻還沒有決定畢業以後要做什麼，但只要誠實面對每一天每一日，就是往自己該走的道路前進。我應該會品味自己的辛酸，也想嘗點苦頭，這樣一來我一定能夠走上符合自己所想的道路。

我在宿舍的床鋪裡想了許多有趣的自問自答。但是沒有神的話，我無法自立而行。我想您完全不明白這些，如今讓我們一起參透吧。我想這是無法以道理邏輯去了解的事情。

雖然我覺得不要讀宗教的書比較好，但想來讀一讀也無妨。要讀的話，不如就去實行那些讀過的東西。即使是哲學，太過淺顯的也幫不上忙。人們會說困於哲學而死云云，但在書中是絕對找不到所謂哲學的，必須去實踐才行。從他方進入的東西會離開，但是內在醒悟而進入內心的東西，是不會離去的。

先於此停筆，請您過來玩吧，我會等您的。

清野在暑假的時候回到他在嵯峨的老家，這封信是我在入學考試後回到淀川北邊舅舅家時收到的信。

或許是因為在父親身旁，清野信中的言詞相當自信且堅定。

（大正六年十月十三日，清野來信。）

……今天我是二年級對三年級棒球比賽的選手，對手是弱小的二年級，三年級也確實獲得優勝，得以凱旋歸來。而我從舍監那裡拿到前室長來信，更令我感到喜上加喜。

……因為真的相當久未聯絡您，實在抱歉，今天就把想到的所有事情都一併告知吧。不過還請您記得，不要把這些事情向別人說去。宿舍看來遲早也是要衰敗了。高年級生沒有一個是正直之人，總是惡意地蔑視三年級、二年級和一年級的學生，高壓逼迫他們。高年級生明明念書的成績也不是多麼好，棒球什麼的還是星期六日連續舉辦，連那些打不來的人也逼著要打。星期天還說什麼來畫地圖吧，結果也沒做。菊川同學等人雖然相當乖巧，但這樣根本完全是被人欺負了，看上去都覺得可憐。

而有榻榻米的房間，也被當成了吸菸室，沒有一天不是煙霧彌漫。中餐後或是在WC，他們在一年級學生面前還稍微節制些，但在三年級與二年級學生面前根本毫不隱瞞自己吸菸的事實。看來是毫無品性可言，我們三年級學生實在感到相當悲傷。五年級學生幾乎全都是這樣，四年級學生大概也只有三人左右不是如此。夾在高年級與低年級之間，最痛苦的就是三年級學生了。大概有十天左右，大家分成了善惡兩方，在養豬小屋前上演起大紛爭。為了不讓一、二年級的學生看見，所以刻意選在比較隱密的場所。正好我和小泉隔著玻璃窗偷看到了這一幕。原因應該是惡人那一方實在過於壓迫三年級以下的學生，而好人那一方叫他們不要這麼做。

我不禁默默地懷念起去年，真心思慕起去年畢業的那些人。

信上我的地址是本鄉彌生町一高西宿舍十三號。

另外信封裡還放了一張小小的清野照片。他穿著白色浴衣、袴褲，制服帽子上也披著夏季白布，坐在籐椅上。看不清楚臉龐。

（大正七年二月十九日，清野來信。）

一月就像夢一樣地過去了。沒有多久就要迎接溫暖的春天。……

……前些日子的二月三日時，大阪聯合武術大會在堺市開幕了，我們明明不怎麼行，老師還是命令我們去當選手。我們就像是被當貓耍一樣，一下子就輸掉兩場。但我並不覺得遺憾。因為我明白像我這樣的人出場，會輸是理所當然。前些日子在本校的武術大會上，是由上宮中學的濱村當我的對手，拿了平手。也就是三個回合當中，其中一回合輸給了對方。不過我也不覺得這件事情令我感到遺憾。真是奇妙。

今天又是星期六，是三四五年級學生的演習。北風呼呼嘯吹宛如哭泣。下個星期六也有演習。要我蒼白著面孔跟去，也是相當痛苦。

分別已經一年了呢，時間過得如此之快，令我驚訝。宿舍裡的人也越來越多，而且也越來越衰敗。人類這種生物就是會威逼他人，但是看著又覺得相當可悲。

雖然總說再過個五六年人心就會大重建，但真希望能早點幫幫他們。

即便現在還能夠去東京遊學，但是英國、德國、美國等國家將來都會攻打東京灣，最後則由日本統一世界，這應該也是五六年內會發生的事。到時候那座高聳的富士山也會噴發，這我還是先告訴您一聲。人類的靈魂若能與神靈相通，就能夠知道未來的事情。請您要在富士山爆發之前回到大阪唷。

接下來我寫下的是天神碰觸我的靈魂後所說的話。祂說：「日本國之靈本，此次天地降世神明之現身，是從前就安排好的。由於三千年來這是第二次世間重建，雖然會支持國家走下去，但只要這次負責行事的人民守護神稍有陰影，又會如同先前一般日漸凌亂，進而失去國家。若此次天地先祖現身而不得守護，則全世界都將成為泥海，人類也會毀滅。天地神明為了不讓這個世界毀滅，總是陷入困境之中呢。」……

……想想這次重建將會非比尋常，雖然有些惶恐，但到時天皇陛下也會前往京都綾部大本遊玩。這是綜觀全日本最為中央的一處。

清野在這封信當中第一次寫下類似大本教預言的內容。

（大正七年三月二十六日，清野來信。）

……無論何時與小泉見面，我們總是聊著前室長您的事情。啊啊，室長呀，我實在非常想再見您一面。我經常和小泉笑著說，宮本學長臉上那眼睛還真圓哪。總覺得令人感到懷念，希望能得到一張您的照片。先前在木箱下找到了冬季晨練的照片，看見前室長擊劍的模樣，我們一起陷入了回憶當中。當時的宮本學長真是歷歷在目，我的眼前立刻浮現您那突出的寬額頭。小泉同學也會在想起前室長的時候，三不五時跟我說，要是有和宮本學長一起拍張照就好了。……

……還有，宮本學長，您先前說寫了三十一張稿紙的那篇文章，還請您送過來。請讓我讀一讀，拜託了。請您寫許許多多的事情寄過來。……分離已經一年了，您在東京很寂寞吧？……我也已經升上四年級，懷念著室長和二年級時候的事，總覺得有些丟臉。更別說自己成為了室長，這更加奇怪。

對了，後來我深思關於要休學一事，想來應該日後還是會辦的。

我還有五十五分鐘可以寫這封信，炭盆裡的火正旺著，我原先將信攤在腳上寫，不過覺得腰好痠，還是起來寫好了。

我也逐漸有所成長，但心靈還是個孩子，真是糟糕。真希望能夠有點大人的樣子。

我在深思關於今後的規劃。這兩三個月內，我開始思索起這些。自己——自己——在下——我——自己會出生在這個世界上，應當是為了對於世間有所幫助，才被神明誕下的，而如今我會開始思考起這件事，想來也是有其因果。無論我如何思考，都覺得自己是帶著天命來到這個世界的。而關於樹立今後的規劃一事，像我這樣幼稚的孩子，實在很難成為出色的人來引領社會前進。我只能希望自己從現在開始就要讓行為與精神一致，可以對將來人心大重建的時候大有幫助。能夠預先得知重建之事，想必也有其道理。世人會懷疑為何我有辦法事前得知呢？可以的，可以的。我的心靈端正、精神寧靜而統一時，自然就能夠辦到。天啟會進入我的身體。

人類經常會心生懷疑，也有其欲望，我也有。因此心靈之鏡時常是一片陰影，預言也就受到阻礙。若是心靈之鏡恆常輝耀，就會映照出整個世界的狀態。要寫的話還有好多東西可寫，根本寫不完。若是您想知道詳細的內容，可以去東京本鄉四丁目那間叫做有明館的書店，找一本叫做《神靈界》[77]的書籍。二月號上刊載了我家的事。雖然是相當薄的一本書，但當中的話語都非常有幫助，而且只要十二錢而已。……

……我不清楚這次宿舍的騷動，不過先前在各種問題上都分成了兩派，最終還是談不攏。……

（大正七年五月二十九日，清野來信。）

……如此長一段時間都沒有寫信給您，還請不要生氣。

因為發生了很多事，甚至萌生休學之意，所以在一片混亂之下很自然就失去了寫信的時機，還請您多多見諒。另外沒能讀到來自前室長的信件，總覺得非常遺憾。一直跟您說什麼三十一張、三十一張的，結果一點意義也沒有。您長長的信紙化為水中泡沫實在是相當可惜。……還請您見諒，請您原諒我。我絕對不是忘了您，也總是和小泉同學聊著當時的事。還說什麼要是見到室長，一定會羞愧到逃走吧。我並非一個會忘記自己受過何等恩惠之人，因此絕對不會忘記您。就算是死後也不會忘記。

宮本學長您說我是您唯一的對象，我真的非常開心。我今後還會繼續寫信給您，雖然我們曾經變得遙遠，但又會再次拉近距離的。請您六月出門，請您來我這裡。您現在的容貌如何，我是一點也無法想像。那時候，您回到我們所在的五室時，會逐步走上階梯，單腳使力上樓的那聲音仍殘留在我的耳邊。我也會偷偷模仿而感到開心。

對了，您的舅舅好像過世了？想來您一定很悲傷。我也回憶起祖母過世的時候，忍不住流下淚水。……

今年春天一高和三高的棒球比賽，我在報紙上好好讀過了。因為想起宮本學長您說上了高等學校以後要成為選手，所以看了看報紙，但沒有發現您的名字。想來這也是因為您的舅舅過世了吧。……

我也升上四年級了，終於不能夠再繼續玩耍下去。我成了四室的室長，有如此腦袋不中用的室長，實在令人困擾。

宮本學長對於我說希望自己再更像個大人一事感到害怕，我實在是無法理解。這是相當自然的，但是我卻無法像個大人。要如何才能夠失去那孩童般的心靈呢？是因為我從小就除了兄弟姊妹以外，沒有其他朋友嗎？我會在宮本學長面前下跪的唷。

還有我所信仰的，絕對不是宗教，而是教誨。我預先知道了大日本帝國的前途。世界最後會邁向統一。

宮本學長您是絕對不會落第的，若是真發生了那種事，那也並非真正的落第。室長讀書的樣貌總是留有九分從容，只用了一分在學科分數上，其他九分都在小說了。還請您及格，但就算是落第了，我也絕對不會輕蔑宮本學長您的。天下的秀才當中，有拚了命念書的人和不念書的人，若是不念書的人拚了命地念書，那就會成為第一。但文學是天才的工作。……

清野在後面還寫了新學年分發房間的事，以及四年級對五年級的劍道比賽經過。內容表示他是四年級的大將，打倒了五年級的大將、副將和下一個人，共計打倒三個人，光靠他一人便締造了四年級的勝利。清野少年並非總是如女性般柔弱。

另外，三十一張的信件，指的是我那當成一高作文交出去的信。這封信件的第二十張算起大概六張半的稿紙在我手頭上，已經抄在前面了。看了清野這封信，才知道原先總共有三十一張。但是我這封冗長的信件，大概沒有交到清野手上吧。或許是被舍監沒收了？

另外還有一封差不多時間的明信片。郵戳上的日期看不清楚了，不過內容寫著「雖然我發生了這樣的事，但父親還是辛勞為我奔走，讓我得以繼續上學。所以我告訴他到畢業之前都不會再害自己退學了。謝謝您為我擔了這麼多心。」，所以這張明信片可能比五月二十九日的信件還要早一些吧。

我實在想不起「這樣的事」是什麼。清野應該有寫信告訴我，但或許信已經丟失了。清野的下一封信裡面倒是隱隱約約有提到相關的東西。

（大正七年十月八日，清野來信。）

謝謝您寫了信給我。我先前寄給您的信件，是否用字遣詞過於迂迴而難以閱讀呢？我無法好好寫出自己所想。從七月起就沒有收到您的來信，我並沒有過於在意，但因為您的身體似乎相當虛弱，所以我擔心您是否生病了。您過去相當疼愛我，我打從心底真心向您道謝。

這次的事情您為我高興，也為我哭泣，我真的是萬分感激。我相當了解那時候室長有多麼地保護我，因此打從心底感到開心。

我雖然知道這次毀謗我的人是誰，但我什麼也沒說，也沒有恨他。心中沒有任何悔恨，好比徐徐涼風吹過。舍監也說我不是那種人，因此我很高興。但那毀謗之人的心靈實在令人畏懼到顫抖。

後來我想著二年級的時候，大口學長晚上過來的事情到底是怎麼回事呢？聽大家說了以後，我如今才明白了。那時候其實我感到相當奇妙。要是將大口學長跑來的事情告訴舍監，就能夠讓他離開宿舍了呢。我再也不去其他房間了，大概就只有土居會過來玩。因為要是去了其他房間，舍監又要多注意我了。我應該只上了二樓兩次。宿舍好討厭、好可怕啊。

升上高年級以後，就會發生許多可怕的事呢。其他高年級生就算經常去玩，也都沒有遭人誹謗呀。就只有我好像被惡魔之手抓住了，所以感到相當害怕。但是神明就跟在我的身邊，在我被抓住時幫助了我。他們叫我留在宿舍到這個月，所以請您盡量寫信吧。只有室長的來信能讓我感到高興。我忍不住想著，希望再見一次室長、想盡情說出所有想說的話。雖然說十月要離開宿舍，但他們說可以多待到十月底左右為止，所以我都會在這裡的，請您寫信給我。雖然您相當忙碌，但我會等的。再會了。

或許是四年級生清野前往美少年的低年級學生房間玩耍，結果被人誹謗了吧。

清野說「如今才明白了」大口晚上造訪一事，那麼他對於自己與我之間的事情，是毫不在意嗎？

（大正七年十二月二日，清野來信。）

……一高的第一學期應該差不多要結束了吧？您過得好嗎？我也過得非常好，還請安心。宮本學長的第一學期是從何時開始放假呢？快要聖誕節了呢。對了，去年聖誕節您給我的，那有著小小可愛西方孩童圖畫的卡片，先前我從信件盒裡拿出來，看著它好一會兒，覺得實在是相當開心。另外還拿出了您寄給我總共十五六封的信件。將信件留起來雖然很棒，卻會感受到歲月流逝。

宿舍裡又有一個人死了，他叫做鳩村。看到他死亡的面貌時，我忍不住流下許多淚水。他的面貌一直浮現在眼前，總覺得晚上要去洗手間時有點詭異，真是令人困擾。最近宿舍倒是挺和平的，但我實在寂寞難耐。當室長真是令人渾身緊繃，真希望能再次成為二年級學生。如今淨是討厭的事情，真頭痛。

還有，宮本學長，請您寄一張照片過來吧。我最近的興趣是收集照片，也有在做相簿。

最近我和小泉絕交了，半句話也不和他說。杉山因為感冒和腳氣而臥病在床。還有許多想寫的事情，下次再寫。現在靜坐課的預備鈴響了。

十六

（大正八年一月十五日，清野來信。）

謝謝您的來信。我就像是乾渴無水的草兒，如今也彷彿將要枯萎而去，但現在就像是初次喝到了清水。我在寒假的時候也一直想著要寫信、要寫信，但是回鄉的時候卻把地址簿忘在宿舍裡就回去了，結果完全不記得您親戚那兒的地址。宮本學長要是還在東京的話，我也能寄信過去，想著但若你不在，大概也能附個便箋讓信件退回，所以還是將賀年卡寄往高等學校。每次想到要是您能回到西成郡，或是能前來中學校一趟，就覺得好生怨嘆。……

還請您了解我每天每天住的是那討人厭的宿舍。我真沒想到自己是如此不中用。沒有朋友。……一點也不開心，只追憶著過往的事情。……去了學校就有很多朋友，因此我非常享受上學。要回宿舍就不開心。升上四年級以後，遭遇了比他人都更痛苦的對待。難以待在宿舍中，要離開卻也很困難。……

宮本學長，這陣子我在學校都會進行冬日晨練。我每天都精益求精，早上五點到六點去晨練。還有明天要獵兔子，不知能抓到兔子嗎？

另外小泉離開宿舍以後，似乎變得非常奇怪，不知是否迷失走上了不好的道路。他現在從澤田老師家通勤上學。

我正在打理火燭，現在是十點五十五分。宮本學長是否已經就寢了呢？

（大正八年七月二日，清野來信。）

……二十七日您似乎在火車上經過此處呢。若是您早些寫明信片給我，我就能去車站了，總覺得有些怨嘆。自我們離別，正好已經過了三年。這之間的變化實在非常大。宿舍的房間一個個被廢除，為了要改成教室而被換去了別的地方，和過往相比已經大不相同。宮本學長，您已經成人了吧？真想見您一面。看您的明信片，應該是從鯰江那邊寄來的，可以的話我想去拜訪您一次。但畢竟相當久沒有見面了，總覺得好像有點害羞。

我現在臥病在床，頭很痛。雖然還沒有燒到三十八度，不過室友們相當照顧我，已經好了許多。……

這封信上我的地址是大阪府東成郡鯰江町蒲生的舅舅家，我在暑假的時候回去那邊。

（大正八年七月二十四日，清野來信。）

好不容易從午睡中醒來，由神社杉木間吹來的風兒，撫慰了我因為午睡而流汗的身軀。良風，還有曾經在漢文課上學過的雄風，大概就是在形容這樣的風吧。山谷河流的嘩啦聲響忽遠忽近，有種彷彿進入無我狀態時難以言喻的心情。這樣也算是夏季嗎？為了進行瀑布修行而到山上來的人也流了許多汗，但是一旦來到此處，似乎只要稍微停留一下，就覺得自己彷彿置身仙境。這多麼令人開心啊。……

您最近過得如何呢？還是一樣每日忙於文學嗎？又或者是去旅行了呢？我自從十九日回鄉以來，每天都會到瀑布底下，或者拜神、睡覺、讀書等，完全隨心所欲。請您務必來玩一趟，就在我原先居住處大概再往山上六公里左右的地方。

休假前，平田學長來了學校，十八日的時候大口學長也來了。他們也對於宿舍變化如此之大甚感驚訝。大家都來了，就只有宮本學長您沒有來，總覺得令人有些怨嘆。若是您休假的時候無法過來，九月的時候請務必過來一趟。雖然我也想過要過去您那邊，但實在提不起勁一個人過去，只好作罷。請務必過來一趟。

（大正八年八月二十九日，清野來信。）

最近不太下雨，因此天氣非常炎熱呢。……您何時才會休假呢？已經是三年級學生了吧。說起歲月如梭，時光實在快到令人感到害怕。在我還是中學五年級生隨意晃蕩之時，您已經是高等學校三年級的學生了，不禁令我瞠目結舌。此次休假，您多半也耽溺於文學當中吧。我想著要從第二學期開始好好念書。第一學期我稍微讀了一些小說，但還有好多地方總覺得弄不太懂。宮本學長的行李當中那些堆積如山的小說，事到如今我也覺得它們令人羨慕。那時候只覺得是些漂亮的書，並不覺得那樣的小說很有趣。立川文庫[78]系列還勉強好些，但事到如今立川文庫也都是些差不多的東西，已經讓我覺得厭煩。我二年級的時候，只覺得若將那些書都擺進書櫃裡排好，應該相當美麗吧。現在的腦海中，也還留有它們是美麗書籍的記憶。我覺得宮本學長您那本《死之勝利》的朱色是相當美麗的顏色，總覺得如今仍歷歷在目。

今天聽父親說，來了大約六位大本教的人。我還是相當害羞、沒有露臉，在二樓寫著信。……九月時請務必蒞臨。別人的室長都能來，我的室長到底是怎麼了呢？九月時請務必蒞臨。

（大正八年十一月五日，清野來信。）

天氣逐漸冷了，宿舍裡大家都在說希望火盆快快來、快快來呀。我的身體比其他人都來得虛弱，因此也非常想要火盆。今天晚上風非常強，不斷咚咚拍打著玻璃窗。這陣風是從哪裡來的呢？是從東京嗎？東京有我的前室長宮本學長，還有與您同窗的平田學長及大口學長。自己如今這樣寒冷，是否宮本學長也這麼冷呢？又或者宮本學長是在火盆前……不，或許是暖爐前，正熱中於閱讀那些小說吧？明天有英文考試，但腦袋裡一直想著這些事，實在念不下書。總覺得悲從中來。或許因為現在是秋夜，真想放棄念書、獨自悲傷。披上了羽織隨興晃到校園裡散步，但悲傷似乎永無止盡。大家都在念書，我也想要和他們一樣、希望自己能夠心無懸念地用功，但就算覺得悲秋傷春根本不適合自己，悲傷卻仍是不住加深。我的內心滿溢對於故鄉與東京的思念而一片混亂，而且都已經快要畢業了，卻又不想要畢業，希望能夠一直在宿舍裡、想再待兩年，不想要就這樣踏向狂亂的世間。我真希望自己現在是二年級學生，仍有個像宮本學長那樣的室長，可以心無雜念地念書。但是歲月仍然不停流逝，身軀也日漸龐大。大家都說著想早點畢業，沒有半個人同情我。

現在正好是自習課第三堂，您應該還記得吧？晚上有三小時的自習時間……

宿舍的大家都相當團結一致，事事順利，能夠如此沒有絲毫紊亂，我也感到相當地開心。要是又發生去年或者前年那些事情，我就真的不想待在宿舍裡。

菊花盛開，有好多大朵的花兒，是很好的菊花唷。我拿了五盆到宿舍房間裡，總是開心地幫它們澆水。

十七

（大正九年三月十五日，清野來信。）

請原諒可憐而不幸的我，然而我決定接受宮本學長您是我的朋友、唯一的一位朋友這件事。請永遠做我的朋友。我和平田學長，以及其他各種人都絕交了，但想到要是宮本學長您和平田學長有著一樣的想法，就真不知該如何是好。我也有寄信給平田學長，但並未收到任何回信。果然除了願意相信我的室長以外，就沒有人願意當我的朋友了吧。我是如此不幸，還請您永遠當我的朋友。請您當我的兄弟。在我以往見過的朋友當中，完全沒有人親切地疼愛過我。我就只能依賴室長了。啊啊，我真正的朋友就只有宮本學長您一人了。我相信著這唯一的朋友。這個世界上都是些不誠實的人，我已經放棄了。反正我有一個朋友，並且將這位朋友當成我的拐杖或是柱子，就這樣活下去。還請您可憐可憐我如此不幸。

我平安畢業了，還沒有決定要住在哪裡，確定以後會通知您。

這封信件上沒有寫清野的地址，而我的地址則是第一高等學校日式宿舍十號。

（大正九年四月八日，清野來信。）

……三月八日，離開宿舍以後每日鬱鬱寡歡，不過隨著讓對岸櫻花盛開的春日暖意拂來，我的心情也跟著煥然一新地復甦。好開心、好開心的情緒打從心底如泉水般湧出。瀑布的聲響、風兒的聲音，都能夠讓我感到開心。相較於我先前體會過的快樂，這是一種更加高遠且更勝一籌的愉悅。我先前就非常喜歡沖洗照片，還有呆呆地從玻璃窗眺望外頭，但現在興趣已經完全不同了。我就只是憧憬著瀑布的聲響、傾慕著松風、沉醉於神諭當中而無比喜悅，明明可以像這樣居住於天地之間，為何自己先前能夠活得那樣每天厭世呢？我身乃父母祖先所賜予，怎能過著那樣不愉快的日子？我開悟了。我開悟了。所有的東西都看起來多麼愉快、所有東西都看起來在歡迎我。啊啊，我先前與他人接觸時，內心產生了許多煩悶，現在只要接觸到這宏偉的大自然，只要這一生有著該有的人生樣貌並能過得安心立命，那就是我唯一的願望了。現在我沒有任何欲望，也沒有任何煩惱，就只是讓事情水到渠成，一切隨波逐流交給大自然，再不會要求更多。

在這有如野獸般的世間，沒有任何人類，沒有任何誠實的人類。物質文明越是發達，人心就越接近禽獸。我希望自己是有著誠實日本魂的出色靈魂，並且希望自己能夠讓世間眾人不受野獸支配。除此之外別無所求。

宮本學長，討厭世間的我竟然祈求著這樣的事情。請您也為我感到高興。

嵐山的櫻花盛開了，雖然我就在附近，卻從來沒去看過，就只是讓笛聲隨水流漂洋。……夢之歌

昨夜反覆夢又夢　虛空拋往空中去
左右手捧日與月　稍加窺視此宇宙
世界流轉千千萬　我只見這一地球

走遍那東南西北　國與國分崩離析
喧喧鬧鬧人世間　不可如此日本指
輕輕按壓各頭上　四海五洲皆得鎮
此即於我等掌中　彌勒神政萬萬歲

信寫得太長了，暫且停筆。若您有照片的話，請給我一張。

這封信件上的清野地址是上嵯峨的神社，之後還有一封大後年的來信。

（大正十一年十月二十四日，清野來信。）

知您健壯如斯實在相當高興。在那之後許久都沒有與您聯絡，實在不知該如何向您道歉。

離開軍隊以後，我仍住在瀑布這兒，仍然繼續侍奉神明。神明之事只能夠自己領悟，別無他法。我也是在各種努力下，才實際體會到神明的心靈，以及祂深沉的慈愛之心。沒有神，我是活不下去的。今天不知為何，官幣大社[79]的宮司[80]先生來了封信說要我過去，因此我想我應該會去一趟吧。他們來迎接我過去，實在令人感激不盡。我希望能盡自己的天分，做個一生侍奉神明之人[81]。

我總深深覺得自己是接受了神明偉大使命之身。將來應該會有相見的一天吧，屆時我們兩人將會如何呢？

您現在正在執筆作品嗎？是不是已經刊登在雜誌上了呢？還請務必告訴我詳情。小泉同學去了東京，那實在是非常好，真希望兩位見面的時候，我也能夠去見你們……不過很遺憾有好一陣子都不知道您住在哪裡。

唯神靈幸倍坐世[82]。

這封信是寄到我在本鄉千駄木町的寄宿家庭處。

我在大正九年時從高等學校畢業。清野最後一封信是大正十一年，那時我二十四歲，正是書寫〈湯之島的回憶〉的年紀。去上嵯峨拜訪清野已是前年我二十二歲的夏天。而我在二十三歲的春天於同人雜誌《新思潮》上刊登了作品[83]，也在那年打算與一名十六歲少女結婚。

看來清野從中學畢業之後去了軍隊一年。清野的最後一封信上寫著：「將來應該會有相見的一天吧，屆時我們兩人將會如何呢？」然而在拜訪嵯峨深山以後，三十年來我都沒有再見過清野。但我仍然感謝著他。

既然我寫下了這篇〈少年〉，那麼〈湯之島的回憶〉、舊日記和清野的舊信件就都一併燒去。

注釋

1. 室町時代的畫家，融合日本畫與中國畫的技法，打造出狩野派風格。
2. 井原西鶴，江戶時代的《人形淨琉璃》（劇本）、《浮世草子》（小說）作家，也是一名俳人。代表作有《好色一代男》、《好色五人女》、《世間胸算用》等。
3. 北村季吟撰寫的《源氏物語》注釋書，形式上為本文旁貼加注釋內容。
4. 日本南北朝時期（約為鎌倉至室町間的短暫時期）的南朝，由於朝廷根據地在大和國吉野（今奈良縣吉野）因此又稱為吉野朝廷。
5. 鎌倉時代承久三年（一二二一年），後鳥羽上皇為了討伐鎌倉幕府的北條義時而出兵征討所引發的動亂。結果反而是北條取得勝利，就此開啟真正的江戶幕府時代。
6. 源光行與其子源親行在大量校訂下打造出的《源氏物語》版本。由於父子二人皆曾任河內守一職，因此將該校訂本稱為河內本。
7. 藤原定家修訂的《源氏物語》青表紙本，主要用意是保留原文，不像河內本大量校訂修正。
8. 長慶天皇撰寫的《源氏物語》注釋本，說明事項依發音排序，為辭典類型的注釋本。
9. 發生在室町幕府第八代將軍足利義政時的內亂，主要是細川勝元與山名宗全的鬥爭，動亂時間長達十年，範圍遍及大部分日本國土。此次動亂間接導致將軍沒落、守護大名日漸龐大，最終進入大名互相鬥爭的戰國時代。

10. 室町至戰國時期的公卿大臣。

11. 此指《源氏物語》注釋書《細流抄》，注釋條目雖多但解說簡短，主要目的是讓讀者讀懂本文而非考據。

12. 日本舊制小學中寫作課上寫的作文。

13. 寺西易堂（一八二四～一九一六），名鼎、字子善、號易堂，是居住在大阪的書法家。浪華即為大阪別稱，因此他在作品署名時也常署「浪華易堂」。

14. 日本和歌的格律，為七音後接五音的循環。

15. 島崎藤村（一八七二～一九四三），以《若菜集》詩集被歸為浪漫派詩人，風格清新。之後轉為自然派小說作家，代表作有《破戒》、《新生》等。

16. 土井晚翠（一八七一～一九五二），知名詩人，作品為漢詩風格，與島崎藤村並稱「藤晚時代」。

17. 大正政變。

18. 此指中華民國建國初期的宋教仁遭暗殺、袁世凱之亂等。

19. 阿部守太郎（一八七二～一九一三），曾任外交官及外務大臣秘書等工作。大正元年（一九一二年）被任命為政務長官，同年九月五日遭到暗殺並於六日身亡。

20. 木村鈴四郎與德田金一，日本陸軍早期的航空飛行員，也是日本最初的空難犧牲者。

21. 武石浩玻（一八八四～一九一三），日本史上的平民飛行者先驅，於大正二年（一九一三年）五月四日成為第一位在日本國內空難失事死亡之平民。

22. 大阪朝日新聞社主辦的大阪京都「都市聯絡飛行」展示活動，在五月四日早上武石由兵庫縣的鳴尾競馬場起飛，原先預定在約三小時後於京都深草練兵場降落，但著陸失敗而失事。

23. 《青蘆集》為作家德富蘆花（一八六八～一九二七）在明治三十五年（一九〇二年）出版的散文集。

24. 《新潮》為日本知名文藝雜誌。大正五年（一九一六年）十月出版增刊號《文壇新機運號》收錄當時文壇各路新秀作品。

25. 《今戶心中》為作家廣津柳浪（一八六一～一九二八）的小說，故事為吉原的娼妓吉里因為無法與意中人在一起，兩人打算在今戶投河殉情。心中即殉情之意。

26. 《俳諧師》為作家兼俳句師高濱虛子（一八七四～一九五九）撰寫的長篇小說。

27. 江馬修（一八八九～一九七五）在大正五年（一九一六年）出版的長篇小說，是當時極為暢銷的作品。內容描寫的是青少年的愛與苦惱。

28. 作者本名為川端康成，但在本作品出現的過往片段當中，其他人都稱呼他「宮本」，與其他同學一樣皆為化名。

29. 即日後的宮本百合子（一八九九～一九五一），知名普羅文學、民主主義作家。

30. 坪內逍遙（一八五九～一九三五）為日本劇作家、小說家、翻譯家等，提倡寫實及白話文學，曾翻譯莎士比亞全集，為日本近代文學先驅。

31. 此為《中央公論》雜誌於大正五年（一九一六年）九月出刊的秋期大附錄號。本書之後的日記段落中有提到川端閱讀同樣收錄於本期雜誌中正宗白鳥及田山花袋的作品。

32. 島田清次郎（一八九九～一九三〇）是如彗星般閃現文壇的作家，受歡迎時甚至被文壇暱稱「島清」，但在精神失調住院後於三十一歲便英年早逝。

33. 生田長江（一八八二～一九三六）為知名評論、翻譯及作家。

34. 此段島田清次郎之敘述有誤，可能是川端記錯而寫下錯誤敘述。島田於大正六年（一九一七年）十九歲的時候在曉烏敏推薦下於報紙上連載長篇小說〈超越死亡〉，而《地上》（中文譯本由新雨出版）則是在大正七年（一九一八年）時將原稿交給生田長江，並在生田推薦下於大正八年（一九一九年）由新潮社出版。

35. 金星堂出版，收錄包含〈伊豆的舞孃〉、〈葬禮名人〉、〈十六歲的日記〉等共十篇作品。

36. 吉田謙吉（一八九七～一九八二），舞臺裝置藝術、美術設計者。

37. 昭和元年（一九二六年）由金星堂出版，為川端康成第一本作品集。共收錄三十五篇極短篇作品。

38. 四綠為日本民間信仰及陰陽五行「九星」中的四綠木星，為每個人的出生星。丙午為干支計算年分的方式。合併可推得該女性出生於明治三十九年（一九〇六年）。此處的女性指的是伊藤初代，十四歲時認識川端，十五歲時兩人定下婚約。文中所述背叛指的是定下婚約後一個月，伊藤卻單方面通知川端毀婚之事。

39. 在餐廳或旅館當中，居住於該處的女性服務人員。

40. 出口王仁三郎（一八七一～一九四八），本名上田喜三郎，入贅出口家後將出口家母女奉為教組創立大本教。實質上的大本教創教者。

41. 京都府綾部市，大本教所在地。

42. 日本最早的歷史書籍，由神話時代寫起，因此前半都是神明的故事。

43. 此指大正十年（一九二一年）時警察以不敬罪及違反新聞法等罪名逮捕出口王仁三郎等人，試圖壓制大本教，為第一次大本事件。

44. 日本的民間宗教當中認為狐狸喜歡炸油豆皮。後文提到清野認為川端身上的惡靈是狐狸。

45. 散文及小說作家永井荷風（一八七九～一九五九）的旅法散文著作。

46. 田山花袋（一八七二～一九三〇）是川端相當喜愛的自然派作家。本段文字引用自花袋的小說〈毒藥〉，收錄於田山花袋全集第六卷。

47. 掛國旗可能由於當天是某種節日。明治六年（一八七三年）起原先會隨舊曆變更時間的新嘗祭，由於改採用新曆而固定在十一月二十三日，到了昭和二十三年（一九四八年）更名為勤勞感謝之日。

48. 《死之勝利》為義大利詩人、作家、劇作家加布里埃爾．鄧南遮（Gabriele d'Annunzio）撰寫的長篇小說。由本書後文可得知川端閱讀的是生田長江翻譯的版本，且有著朱紅色書皮，因此應該是大正五年（一九一六年）出版的縮刷全譯叢書中的一冊。

49. 正宗白鳥（一八七九～一九六二）的〈死者生者〉短篇小說收錄進《死者生者》一書是在大正六年（一九一七年），因此川端此時閱讀的可能是雜誌《中央公論》大正五年（一九一六年）九月一日發行的第三十一年第十號中「秋期附錄小說」的版本。

50. 此指《新潮》雜誌大正五年（一九一六年）十一月號的「《受難者》的批評」特集，執筆者包含和辻哲郎、赤木桁平、谷崎精二、福士幸次郎。

51. 赤木桁平（一八九一～一九四九），評論家、政治家。

52. 田山花袋的〈獨自一人在山莊〉是中篇小說，收錄成書只在昭和三十年（一九五五年）以後的《花袋全集》等處。此處川端閱讀的應該是前述也收錄白鳥〈死者生者〉的《中央公論》雜誌（同一期）。

53. 以女性為主的歌舞劇團，根據地在兵庫縣，為少女歌劇的起源。現已更名為寶塚歌劇團，但仍維持只有女性演員的表演。

54. 上司小劍（一八七四～一九四七）的短篇小說〈第二代〉，同樣收錄於前述《中央公論》雜誌（同一期）。

55. 小山內薰（一八八一～一九二八）的短篇小說〈信件浴澡〉，大正四年（一九一五年）由通一舍出版同名小說集《信件浴澡》。

56. 泉鏡花（一八七三～一九三九），明治昭和年間活躍的小說家、劇作家。作品風格多為怪奇浪漫的幻想文學。

57. 吉田兼好（一二八三～一三五八）法師撰寫的散文集，為中世紀的隨筆文集代表作品之一。

58. 向陵即為（舊制）第一高等學校的別稱，理由是學校位於東京東文京區向丘。

59. 將烏龍麵當成配料製作成的茶碗蒸。

60. 南蠻指的是青蔥，因此鴨南蠻是指青蔥搭配鴨肉製作的料理。

61. 莫泊桑短篇集。

62. 生方敏郎（一八八二～一九六九），隨筆家、文學者。

63. 津江為川端康成祖父的妹妹居住處。

64. 此即前述早逝之表姊所嫁的久留米師團騎兵中尉本川治郎，川端曾另寫過一篇小說〈致H中尉〉也是同一人。

65. 藤森良藏（一八八二～一九四六）為教育學者，明治四十三年（一九一〇年）發售的《幾何學　思考模式與解法》是當時相當重要的幾何學參考書，也是暢銷書籍。《代數學習方式、思考模式與解法》則是代數參考書。

66. 由第四代艾夫伯里男爵埃里克．盧伯克（Lord Avebury）所著之《英文日常用語講義》（The Use of Life），為日本當時英語授課使用的參考書。北星堂書店在大正四年（一九一五年）出版清水起正譯注版本，之後也曾多次再版。

67. 〈人魚之嘆〉為谷崎潤一郎（一八八六～一九六五）的短篇童話風格小說，初出即為川端這天買的《中央公論》大正六年（一九一七年）新年號。

68. 阿部次郎（一八八三～一九五九），哲學家、美學者及作家。

69. 山崎貞（一八八三～一九三〇）於大正五年（一九一六年）出版的著作，為相當有名的英文文法參考書，近年來也曾修訂後再版。

70. 南宋時代由謝枋得編撰的散文集，主要選錄唐宋時期文章，目的在於提供給意在參加科舉考試之人作為文章寫作之範本。日本也用來作為漢文學習的參考書。

71. 與謝野晶子（一八七八～一九四二）為短歌歌人，《夏季給秋季的信》是她在大正三年（一九一四年）出版之短歌集。

72. 莫泊桑（一八五〇～一八九三）的長篇小說著作。

73. 北原白秋（一八八五～一九四二），詩人、童謠作家。

74. 《增鏡》為日本的編年體史書，作者不詳。注釋版本甚多。

75. 塞謬爾．斯邁爾斯（Samuel Smiles，一八一二～一九〇四），蘇格蘭作家，且為政府改革者。

76. 濱野知三郎（一八六九～一九四一）是著名漢學家，《論語》為其重要研究之一。

77. 出口王仁三郎撰寫的大本教刊物。

78. 立川文庫是以歷史故事、民間傳奇等內容為主的大眾小說，相當受到青少年歡迎。

79. 二戰以前日本神社制度中，官幣大社為各地領取國家奉幣的神社中階級最高的神社。除少數如臺灣神宮、朝鮮神宮已廢社外，大多在更名後仍維持其宗教上的大社地位，但原則上已無政治地位。

80. 宮司在二戰前原先專指官幣社及國幣社的負責人，戰後泛指神社負責人。

81. 本書中清野少年所信奉的大本教，是屬於日本戰前官方宗教的神道教支系。政府壓制大本教勢力正是因為大本有自稱為正統的嫌疑，但實際上崇敬的神明系統是相同的。

82. 原文「かんながらたまちはえませ」是神道教中用來祈禱的言靈（具有力量的話語），通常在參拜神社時可以念誦，不限定對象為哪一位神明。

83. 此時發表的作品篇名為〈某婚約〉。

解析

文學大師的人生整理術：讀川端康成《少年》

作家　盛浩偉

活到一定的歲數，任誰都會有一兩段印象深刻的過往。也許那是珍藏，能供回味；也許那是汙點，讓人不禁懊悔「當初要是……就好了」；或者也許兩者兼具，既甜密又卑微。這類的經驗，大多數人不知如何啟齒，往往深藏心底，保持沉默，但在文學的世界裡，卻總是鼓勵傾訴與告白。再精準一點地說，是鼓勵人們透過述說找到「面對的方式」，去看清世界、看清他人，更要看清自己。川端康成的《少年》便是位於這條漫長傳統之中的作品。

川端康成的重要已是眾所皆知，尤其是日本第一位諾貝爾文學獎得主的身分，以及屬於「新感覺派」的流派分類。所謂新感覺派，指的是在戰前昭和初年（約一九二四至一九三〇年左右）登場、活躍於日本文壇的一群作家，他們欲仿效二十世紀初西歐前衛派藝術與現代主義精神，在文學中描繪人類的內在風貌與現代性的感官體驗。另外，新感覺派的出現，也是為了對抗那時文壇上蔚為風潮的普羅文學運動。他們認為，普羅文學基於社會主義思想，信奉唯物史觀，倡導無產階級革命，雖然有理想，卻將文學過度政治化。是故新感覺派更講求個人的主觀意識與精神，希望以此達到藝術的高度。當時初入文壇的川端康成就是這群人中的一分子，這些主張與立場成了他文學的出發點，也是日後他作品裡常見的特色。

然而，這些特色雖然具有辨識度，卻不能完全概括他的文學成就。畢竟川端康成享壽七十三歲，也有長達近半世紀的文學活動，且橫跨二戰前後，變動頗大。所以想要把握川端康成文學的要領之一，就在於知曉他的人生歷程、創作時間點與時空背景，才能更準確地標定作品的位置，體察其中的情感與意義。想要更深入理解《少年》也是如此。

這部作品於第一節的開頭便提到「今年我年屆五十」，末段又提到那是在「昭和二十三年」，即一九四八年所寫下、對於自己青少年時期的回顧。雖然在作中並未提及，但這其實是個頗為重要的時間段。那是日本剛於一九四五年第二次世界大戰中戰敗，並正處於駐日盟軍總司令部ＧＨＱ的占領與間接統治的期間（一九四五年至一九五二年間），許多曾經支持或協助過戰爭的文學家遭到追責與清算，當中不乏川端康成的友人們，尤其是新感覺派的另一名大將橫光利一。在遭受強烈批評之際，橫光利一也身負重病，不久後就於一九四七年末去世。翌年初的葬禮上，川端康成寫了篇情意深重的弔辭，結尾有句著名的話：「橫光君，我將以日本的山河為魂，活過你走之後的餘生。」許多文學研究者便以這句話當作川端康成創作階段變化的標誌，認為他此後才更關注日本的傳統之美。

此外，除了橫光利一，川端的其他兩位好友，武田麟太郎與菊池寬，也都是在這一兩年間相繼死去的。國家破敗、摯友之死，這就是《少年》第一段開頭提及「周遭屍橫遍野的感受」、「文學上的友人們陸陸續續都死了」之背景。雖然在文中只是輕描淡寫的幾句話，但我們不妨從這種淡然的態度，想像其中的沉重有多麼難以言喻。

雖然日本自古有「人生五十年」的說法，認為人的壽命約莫就是五十年，但對於接連參加親友喪禮、感受死亡陰影惘惘威脅的川端康成而言，或許勾連起的是他兒時最深刻的記憶。川端康成不滿三歲時便父母雙亡，而由祖父母養育，祖母卻又在他上小學時過世。隔年，川端有位交由母系親戚養育的姊姊也夭折，他遂自此與祖父兩人相依為命。但這也並不長久，一如《少年》裡提到的，「（大正三年）皇太后大葬之夜，我的祖父死了」，而那年他才十六歲。川端康成極早期的作品中，有篇名為〈葬禮名人〉，寫的正是童年如此悲慘的自己，而文學研究者們也都認為，川端康成早期作品的一大主題，正是如何面對這種強烈的「孤兒」意識。這也都見於《少年》的自我省視。

《少年》的開頭，以極為疏離客觀的筆調，清淺地布置了「死亡」的背景，卻在第四節末、第五節初，就提到了引人注目的關鍵字，「同性愛」，並開始透過日記、書信、習作等，反覆描寫就讀中學時期（約於一九一六至一八年，川端十七至十九歲左右）與少年清野的回憶。不過，少年清野其實不叫清野，據研究考證，他的本名是小笠原義人，但就如同在作品中，其他人稱呼川端康成也都叫他「宮本」一樣，即使確有其人、甚至讀者能憑線索指認，但在作品中不指名道姓、使用別名代稱，是日本私小說常有的習慣，也有拉開審視距離的效果。

歷來的研究，大多視《少年》為作家的自述，將之當作生平傳記研究資料等。其次，則是關注裡頭川端對於同性愛行為的告白與自剖。同時，若放在川端文學的脈絡中，這篇作品正是寫於他開始轉換創作方向的時期，頗有回顧自己生涯、進行結算的意味。確實，這部作品乍見自傳性高、虛構性少——雖然嚴格來說，作品最後寫到「〈湯之島的回憶〉、舊日記和清野的舊信件就都一併燒去」，所以我們其實沒辦法確認是否「虛構性少」——故而詮釋空間較小，但在我看來，《少年》或許稱得上高明的人生整理術，因川端康成以剪裁與鋪排的技巧，總結出自己生命的巨大課題。

比如前述，同性愛的主題是由死亡的背景所帶出的，那麼為何如此？這是想要表達，因為經歷了那麼多死亡、感受到深刻孤獨，才使得（在發表當時仍然被視為）悖德的同性愛能稍稍被理解與原諒？抑或是，同性愛雖然不能延續生命，卻因其精神性的純粹，反倒療癒了死亡的寂寥？此外，川端康成刻意沿用私小說的習慣，在一個彷彿紀實傳記的作品裡刻意使用代稱，是想拉開審視距離？還是提醒讀者這其中仍然潛藏虛構？最後，透過重述日記、信件（最後卻又將這些都燒掉），他所找到的「面對的方式」，又是什麼？這些，都值得讀者繼續玩味深思。

附錄

《少年》之外的少年

學界普遍認為〈少年〉裡的「清野」，即為川端康成中學時期的室友「小笠原義人」；〈少年〉裡的「垣內」，則為室友「宮田」。本附錄整理川端康成留世的日記、手帖、筆記和隨筆，並節錄其中有關小笠原義人的部分。與〈少年〉對照閱讀，餘韻更深。

大正五年四月五日・當用日記本

……前往合作社付了兩圓七十錢回到宿舍，室友竹内也回來了

之後宮田和小笠原雖然沒及格但還是過來了　展開新生活　希望能永遠保有幻影……

大正五年四月六日・當用日記本

（我在十一日也有寫到，這日記我實在寫得相當怠惰）總之一切新穎的事情都能使人開心　這是我第一次當室長，室友也都是新人，相當愉快　這份愉悅是否能延續到明年四月呢？去年一、二月時也過得相當快活但逐日漸感平淡……

大正五年四月八日・當用日記本

回宿舍　大掃除後準備過新年　五室甚至被宿舍其他房說簡直是別墅，以宿舍來說是個很難得能夠看到大自然的地方……

大正五年四月九日・當用日記本

……下午寫完論文之後前往報社，第三次拜託對方一定要各發三份給我　之後我和小笠原以及竹內去了九條山玩，宮田說不去便把他留

下了　帶著牛奶糖、夏蜜柑和汽水去　眺望春天原野欣賞一番回到宿舍時，已是大家在走廊上匆匆前往食堂的時刻

大正五年四月十一日・當用日記本

……我視室友為膚淺之愛的對象而臉上發燙　我曾一早便眺望著那白皙的手臂、凝視那睡臉　竹內有些警戒心較強，也難怪他至今都沒有朋友　宮田相對來說比較不在意，也還挺放得開，先前我也曾在浴場中感嘆著他的肌膚實在美麗　小笠原是個讓人覺得他要是個女人應該就能娶來當妻子的對象，實在是非常純真的少年　宮田與竹內更進一步恐怕就會和我決裂，只有小笠原非常安全　他的幼小心靈如此純真能讓人擁抱入懷……

大正五年四月十五日・當用日記本

……晚上與小笠原說著玩笑話　我說我曾從天神橋上掉下去　沒

有祖父母、父母和兄弟姊妹

大正五年四月十九日．當用日記本

小笠原的畏懼之心真奇怪　怎麼都是些搞不懂的傢伙……

大正五年六月二十日．當用日記本

……石伏同學之類的人在我寫〈姊姊之死〉的時候跑來找小笠原的筆套之類的東西，結果發現了色彩鮮豔的詭異鉛筆畫　總覺得哪裡怪怪的　當然春天來臨時我也會在該醒來的時候醒來　想說去壓抑也沒什麼意義吧，宮田那些樟腦和化妝水的瓶子我也沒說什麼。雖然覺得小笠原有些奇怪但不認為是什麼大事　飯後小笠原哭了　我覺得也沒什麼他似乎是覺得被加上莫須有的罪名還是覺得其他人認為他打著什麼不好的主意，認定外面的人也以為他破壞了大家的感情之類的而喃喃哭訴，對於這種低等的感情我簡直想吐口水　有人去安慰他，大概一小時後他

似乎也放下了　我冷冷地撇下他們　簡直無聊到令人想哭

大正五年六月二十二日・當用日記本

……這陣子大抵上都是夏季，今日特別清爽到底是怎麼回事呢對所有的東西都懷抱著性欲的衝動　面對室友宮田也是難以壓抑　那若隱若現美少年的白色肌膚與那袴衣或運動服所描繪出來的曲線真令人苦惱……

大正五年六月二十九日・當用日記本

……回到房間，用好奇的目光掃視著大家的睡姿　宮田用三尺長的布條綁成褲兜躺在一旁　不知道猛然上去抱住他會如何呢？雖然我本就老這麼想著　即使我期待能夠因此而得到自由，卻又覺得在生理上欠缺了些什麼……

大正五年七月二日・當用日記本

昨天晚上縮進床鋪以後講起竹內小便之事　雖然我當成秘密許久但也該說出來了　後來還講起了丑時參拜之類的各種恐怖故事　小笠原嚇得發抖　稍微提到一些神秘主義和心靈學的東西　去了趟洗手間回來後，宮田穿著白色衣服站得直挺挺地翻著白眼　小笠原尖叫了一聲抓住我的肩膀　早上醒來的時候宮田那渾圓的肉體隱約浮現在眼前　站起來跨過還在睡覺的小笠原並跪下來細看　他稍微有些趴睡、腳蜷曲起來　從肛門一路延伸下來的曲線　怎會如此白皙美麗又看起來活力十足呢　雖然精神恍惚但還是拿了和服幫他蓋上　總覺得可惜因此又掀了開來　宮田醒了過來，我也嚇了一跳連忙幫他蓋上棉被　他道了謝　如此一來就變成是因為我擔心他在冷風中露個屁股受寒，而做了個相當親切的舉動　話說回來我後悔於錯失機會、無所作為，是因為我也不一定就會因此被否定，所以看來我果然還是個懦弱而沉溺於沼底的詩人　之後

腦中一直想著學校一個叫做紅野的美少年的事情直到天明　這陣子我怎麼會心情如此激昂啊

大正五年七月八日・當用日記本

……下課後大掃除宿舍　將榻榻米收起來　實在太累了到晚餐時間我都躺著　宮田和竹內之間顯而易見地討厭彼此　不過宮田真是個有些令人困擾的傢伙　他有著自己的奇妙真理　但不被大家喜歡卻又是明明白白的事實……

大正五年七月十日・當用日記本

應該要繼續創作下去才是　至今為止所寫的，雖然我取材了過去發生的特殊事件卻完全沒寫眼前的學校生活　真希望這學校生活能寫出不錯的東西啊　在宿舍之類的地方深刻感受到不少複雜心理　真累啊……

大正五年七月十六日・當用日記本

森同學來了　聊天　去森同學的房間　聊天　散步　聊天　去足立　聊天　大多是關於稚童的事情　我裝成一副不知情的樣子，沉默宛如無欲無求之人　通勤學生説宿舍生中綻放了許多不同的花朵　説這所中學裡的男色之事比其他地方還要來得興盛，但宿舍裡卻沒有，實在很神奇　總想著這段時期如過眼雲煙也挺可惜，不過半夜宮田曾裸著起身當然是沒發生能讓我寫下來的羅曼史……

大正五年七月十七日・當用日記本

……我和宮田、小笠原、竹內的狀態拿捏的不錯　這是否為能先行抑制本室的前兆呢……

大正五年七月十八日・當用日記本

……三人聊起了石伏對小笠原的發展……

大正五年七月二十二日・當用日記本

無法忘懷宮田。遭遇那樣凌虐過來實在惹人憐愛。用力擁抱愛人的肌膚使其呼吸困難而悶死乃是無上的快感，惡魔般的我對那種震撼感到喜悅，然而見到當下處於肉體痛苦之中的宮田，充滿人情味的我卻又覺得不忍看下去，隨後又想著希望那能成為自己的東西。在大家散去以後，我背著那渾身汗水的肉體走下樓梯，在冷水浴場等著，又好好挽抱著他回去，於是更加無法忘記他。回鄉的時候我也在車上、火車上不斷思考著該在給宮田的信上寫下哪些慈愛的話語。在津之江的宅子處理完各種事情　原本打算寫給所愛之人五張稿紙，又想著要盡可能寫下去，所以在高槻準備了東西放入懷中　待續……

大正五年七月二十三日・當用日記本

東西似乎是掉在前往車站的路上了，心中煩躁不已，雖然不斷遭到嘲笑還是逢人便問有沒有看見，直到回到津之江。……

大正五年・筆記本

~~給小笠原義人~~

~~幸福的年輕燕子先生~~

大正七年一月十六日・當用日記本

……小笠原寄了信來。就在我常想起他的時候收到信，真令人開心。……

【收信】黑田　小笠原義人

大正七年一月十九日・當用日記本

【收信】黑田秀太郎、正野勇次郎、中島彰　小笠原義人

大正七年一月二十日・當用日記本

……催帳的昨天就來了，下午只好向平松借個六七圓去了猿樂町。……平松和小笠原是我在中學的朋友當中最喜歡的人。……

大正七年一月二十一日・當用日記本

保志老師休假了，真令人開心。第二堂課的鹽谷老師也缺席。去圖書館寫了大概十張的信給小笠原。……

【寄信】山口文三、小笠原義人

大正七年一月二十三日・當用日記本

……我的拖鞋被偷了，雖然也想著那麼我就摸走別人的好了，卻沒有勇氣。讀完了《死屋手記》*的〈最初的印象〉。阿里令人泛淚。想起了我的小笠原。那樣純真的小笠原總是不斷浮現在我心頭。

大正七年一月二十四日・當用日記本

……在床上想著最近也該寫寫了，試著回想了一下至今明滅在我周遭的眾人的印象記憶。總覺得都是些善良之人。事實上我的確是受到所有人愛著的。如果我只有感受到他們好的一面，希望他們會為我感到欣喜。

腦中清楚浮現惹人憐愛的小笠原和令我起了執著之念的宮田等人。

大正七年二月十八日・當用日記本

……青木老師的作文是「由冬至春」還有「東京」這兩個題目。第一個由冬至春的題目我本來想寫去年新年到中學畢業為止的事，但又覺得實在太蠢了，應該還是拿我寫給小笠原的信混水摸魚吧。

＊杜斯妥也夫斯基的長篇小說。

大正九年一月九日・Pocket Diary

……實在非常想見小笠原。想著明天乾脆去趟中學吧。夢見祖父。醒來仍覺悲傷。

大正九年一月二十八日・Pocket Diary

……紅野真二死了，美少年紅野真二死了。該寫給俊子、良子、小笠原他們的信已經延遲了許久，每天都在想著真是對不起、對不起。

大正九年三月十一日・Pocket Diary

竹內寄了信來。雖然他寫著什麼令人懷念的室長之類的，但我寫著回信的時候，卻一點也感受不到他有多仰慕我。我只在意前些日子的信上，小笠原似乎遭人怨懟之類的事情。其他人不相信事件真相實在令人悲傷。……

大正九年三月十八日・Pocket Diary

……小笠原寫了信來。上面寫的是屢次遭到背叛，感到自己真的變成孤單一人，所以才寄了那樣的信過來。但看了我的回信以後，果然我是他唯一的朋友、能依靠的人。終於畢業了。……

大正九年・Pocket Diary

【友人名冊】……京都上佐賀村空也　義人……

大正十一年四月四日・日記本

……昨夜懷舊地看起了舊日記。中學五年級時候的東西最多。昨晚也想著小笠原。當時雖然寫的像是交織著不純之愛一般，但如今回想起來實在相當純潔美麗。我時常感嘆著自己伶仃無依。想想無疑是由於有了與小笠原的愛情，吾人的心才得以有所轉變。……純文學少年性質的東西。中學在學時、高校初時那年，我的個性相當難搞可是不在話下。說老實話雖然有很多我自己也沒想到竟會寫下來的東西，但這也稍微顯現我當時認真以及孩子氣的樣貌。我挺喜歡自己中學在學時期的日記，然而當時與親戚的關係也讓我相當痛苦。……中學的朋友片岡、末藤、井上、欠田、清水、小笠原、山口等人，時至今日幾乎都已無交心往來，實在不得不感嘆。現下也就石濱一人了。……心裡覺得不想見到任何人，就這樣從冬季邁向了春天，也是久疏問候的原因之一吧。相當怠惰於與他人加溫交情一事。想著寫信給小笠原吧，寫信給俊子小姐吧，也該向田中先生道個歉。……

大正十二年一月六日・日記本

今天收到小笠原、俊子寄來的賀年卡。小笠原進了官幣大社松尾神社，北海先生要進新京阪鐵道株式會社了。

昭和二十三年四月二日．〈獨影自命〉

大正五年九月十八日到大正六年一月二十二日的日記，是寫在稿紙上的，大概有一百一十五張。前面引用的〈歲晚感〉也在其中。上頭寫著中學快要畢業的時候，我是打算要去早稻田或者慶應的文科，但忽然又把志願轉為一高文科之類的事。

十八、九歲的我畢竟無法確實地寫下自己的心理狀態，所以這次重讀，我也沒有把寫在日記上的自我心理狀態視作真實，不過事件本身的紀錄的確是事實，所以也讓我那朦朧的記憶加上了新的追憶。當中尤其是關於我五年級當室長時與二年級的室友之間同性愛的紀錄特別揪心。

〈伊豆的舞孃〉是從我在大正十一年，也就是二十四歲的七月，在伊豆湯之島溫泉寫下的〈湯之島的回憶〉那一百零七張稿子當中，單獨摘錄出有關浦子回憶的部分，於大正十五年，也就是我二十八歲的時候重寫的。

「由溫泉之地走向另一個溫泉之地，如流水般前進的巡迴藝人似乎年年減少。而我對湯之島的回憶，便是從巡迴藝人開始的。」

稿紙第六張起便是這樣寫起了有關舞孃的事，而舞孃的事只寫到第四十三張。除了舞孃之事以外的七十張稿紙，大多寫著此一同性愛之回憶。

自我寫下〈伊豆的舞孃〉以來這二十年，我應該也都沒回頭翻閱過〈湯之島的回憶〉。書寫〈湯之島的回憶〉時，同性愛遠比舞孃還要來得縈繞心頭。而我將此當成秘密，至今都沒有寫成作品。為了要編全集，我才把〈湯之島的回憶〉和大正五、六年的日記都拿出來重讀一遍，也才想到要寫一篇名為〈少年〉的小說。

這是我人生中初次遇見的愛情，或許也可以說這就是我的初戀。大正五、六年的日記上寫得相當露骨，在五十歲的我眼中看來也有些驚訝。

……（中略）……

我就整理了這些。

大正六年一月二十一日的日記上，由於清野向我傾訴與我同年級的某人「曾對——或說曾經打算——對清野有些大膽的行徑」，因此甚至想著應該與某人「絕交」，卻又寫著「但是自己難道就足夠清白，可以對某人感到這麼憤怒嗎？」、「我能說自己並沒有走在只差最後一步的邊緣上嗎？」等等，但是看來其實也沒有汙穢到需要那樣反省。

這份愛溫暖、洗滌和救贖了我。清野少年的純真，甚至讓我覺得他並不屬於這個世界。

自那時開始，至五十歲為止，我不曾再遇到過這樣的愛。

川端康成年表

本年表參考新潮社出版《川端康成全集》製作，並同〈少年〉本文以虛歲計歲。

年份	年號・年齡	事蹟
1899	明治三十二年・一歲	六月十四日，出生於大阪市天滿此花町，父親為醫生，上有大他四歲的姊姊芳子。
1901	明治三十四年・三歲	一月，父親因肺結核過世。
1902	明治三十五年・四歲	一月，母親因肺結核過世。川端改與祖父母同住，姊姊芳子則由叔母家代為照顧。
1906	明治三十九年・八歲	四月，進入豐川尋常高等小學就讀。九月，祖母過世。
1909	明治四十二年・十一歲	七月，姊姊芳子因病過世。
1912	明治四十五年 大正元年・十四歲	三月，尋常小學畢業。四月，以第一名的成績進入大阪府立茨木中學就讀。
1913	大正二年・十五歲	小學時以畫家為志業，國中二年級時改以小說家為志。以過世父親自號「谷堂」為名，將作品自編為《第一谷堂集》和《第二谷堂集》。

年份	年號・年齡	事蹟
1914	大正三年・十六歲	五月，祖父過世，成為孤兒。照顧祖父時所寫的日記後來集結寫成〈十六歲的日記〉。八月，由大阪府西成郡豐里村的伯父照顧。
1915	大正四年・十七歲	三月，住進茨木中學的學生宿舍。這個時期喜愛閱讀白樺派及外國作家的作品。
1916	大正五年・十八歲	四月，升上五年級並成為寢室室長，結識後輩的室友小笠原義人。這段時間所寫的日記即成為後來〈少年〉的一部分。
1917	大正六年・十九歲	三月，茨木中學畢業，前往東京，借住淺草藏前的親戚家準備考試。九月，進入第一高等學校文科乙類（英文）就讀。這個時期喜愛閱讀俄國文學，尤其是杜斯妥也夫斯基的作品。
1918	大正七年・二十歲	十月，初次前往伊豆旅行，遇上巡迴藝人一行。後將此次旅途所見寫成〈湯之島的回憶〉，成為之後〈伊豆的舞孃〉及〈少年〉的根基。自此之後約十年間，每年都會造訪伊豆。
1919	大正八年・二十一歲	於咖啡廳結識當時十四歲的女服務生伊藤初代。
1920	大正九年・二十二歲	七月，第一高等學校畢業，進入東京帝國大學英文學系就讀。因參與第六次《新思潮》雜誌發刊計畫認識菊池寬，此後受他諸多照顧。

年份	年代・年齡	事蹟
1921	大正十年・二十三歲	二月，第六次《新思潮》發刊。四月，發表〈招魂祭一景〉，成為開始接商業雜誌邀稿的契機。十月，和伊藤初代的婚約取消。十一月，結識橫光利一、久米正雄和芥川龍之介。
1922	大正十一年・二十四歲	六月，從英文學系轉至國文學系。夏天於伊豆湯之島寫作，完成一百零七張稿紙的〈湯之島的回憶〉，記錄與舞孃的相遇和對清野少年的回憶。
1923	大正十二年・二十五歲	一月，加入菊池寬創立的《文藝春秋》雜誌。
1924	大正十三年・二十六歲	三月，東京帝國大學國文學系畢業。十月，和橫光利一等人創刊《文藝時代》，此刊物的作家被稱為「新感覺派」。
1925	大正十四年・二十七歲	這年長住湯之島。五月，結識松林秀子。八月，發表〈十七歲的日記〉，後改題為〈十六歲的日記〉。
1926	大正十五年・二十八歲 昭和元年	一月，〈伊豆的舞孃〉連載開始。四月，和松林秀子同居，形同夫婦。同月，和橫光利一等人創立新感覺派電影聯盟，寫作劇本《瘋狂的一頁》並拍攝成電影。六月，出版收錄了三十五篇掌中小說的首部作品集《感情裝飾》。

年份	年齡	事蹟
1927	昭和二年・二十九歲	三月，出版第二作品集《伊豆的舞孃》。四月，搬家至東京府豐多摩郡杉並町。五月，《文藝時代》停刊。
1928	昭和三年・三十歲	搬家至荏原郡入新井町，之後又搬至荏原郡馬込町，和馬込文士村的作家們多有交流。
1929	昭和四年・三十一歲	九月，搬家至上野櫻木町。十二月，〈淺草洪團〉連載開始。
1930	昭和五年・三十二歲	這年開始飼養許多寵物，也常去逛繪畫展覽。
1931	昭和六年・三十三歲	十二月，和松林秀子正式結婚。
1932	昭和七年・三十四歲	三月，伊藤初代拜訪川端家，兩人睽違十年再次見面。九月，〈化妝與口笛〉連載開始。
1933	昭和八年・三十五歲	二月，電影《伊豆的舞孃》上映。七月，〈禽獸〉連載開始。十月，創立《文學界》雜誌。
1934	昭和九年・三十六歲	一月，加入文藝懇話會，成為會員。
1935	昭和十年・三十七歲	一月，文藝春秋設立芥川龍之介獎、直木三十五獎，並擔任芥川獎評審委員。同月，〈雪國〉連載開始。十二月，搬家至神奈川縣鎌倉郡鎌倉町。

年份	年齡	事項
1936	昭和十一年・三十八歲	一月，《文藝懇話會》創刊。二月，文學界獎設立。十一月，池谷信三郎獎設立，並擔任評審委員。
1937	昭和十二年・三十九歲	七月，以《雪國》獲得文藝懇話會獎。
1938	昭和十三年・四十歲	三月，日本文學振興創立總會設立菊池寬獎。七月，日本文學振興會成立，成為理事之一。
1939	昭和十四年・四十一歲	三月，擔任菊池寬獎評審委員。
1940	昭和十五年・四十二歲	十月，發起成立日本文學者會。
1941	昭和十六年・四十三歲	此年長時間於中國旅行。十二月，太平洋戰爭爆發前歸國。
1942	昭和十七年・四十四歲	八月，與島崎藤村、志賀直哉、武田麟太郎等人創刊《八雲》雜誌。八月，〈名人〉連載開始。
1943	昭和十八年・四十五歲	五月，〈故園〉連載開始。八月，〈夕日〉連載開始。
1944	昭和十九年・四十六歲	以〈故園〉、〈夕日〉獲得菊池寬獎。
1945	昭和二十年・四十七歲	九月，參與鎌倉文庫出版社的成立。

年份	年號・年齡	事蹟
1946	昭和二十一年・四十八歳	一月，鎌倉文庫《人間》雜誌創刊，同月，結識三島由紀夫。十月，搬家至鎌倉長谷，晚年皆住於此。
1947	昭和二十二年・四十九歳	此年開始對古藝術品的興趣漸增。十二月，橫光利一過世。
1948	昭和二十三年・五十歳	三月，菊池寬過世。五月，〈少年〉連載開始。五月，《川端康成全集》陸續出刊。六月，就任日本筆會會長。
1949	昭和二十四年・五十一歳	四月，芥川獎重啟，擔任評審委員。五月，橫光利一獎設立，擔任評審委員。同月，〈千羽鶴〉連載開始。九月，〈山之音〉連載開始。
1950	昭和二十五年・五十二歳	四月，與筆會會員前往核災地廣島和長崎慰問視察。十二月，〈舞姬〉連載開始。
1951	昭和二十六年・五十三歳	二月，伊藤初代過世。四月，目黑書店出版《少年——人間選書Ⅳ》，收錄〈少年〉一至十五章。
1952	昭和二十七年・五十四歳	二月，以《千羽鶴》獲得日本藝術院獎。九月，新潮社出版《川端康成全集 第十四卷》，收錄〈少年〉並新增第十六、十七章。
1953	昭和二十八年・五十五歳	十一月，與永井荷風和小川未明同選為日本藝術院會員，並擔任野間文藝獎的評審委員。

年份	年歲	事件
1954	昭和二十九年・五十六歲	一月，〈湖〉連載開始。四月，以《山之音》獲得野間文藝獎。五月，〈東京人〉連載開始。
1955	昭和三十年・五十七歲	一月，英文版〈伊豆的舞孃〉刊行。
1956	昭和三十一年・五十八歲	一月，英文版《雪國》出版。
1957	昭和三十二年・五十九歲	九月，以主辦國會長身分致力於舉辦東京國際筆會大會。
1958	昭和三十三年・六十歲	三月，因舉辦國際筆會有功，獲得菊池寬獎。十一月，因膽囊炎入院。
1959	昭和三十四年・六十一歲	四月，出院。五月，於國際筆會大會受贈哥德獎章。
1960	昭和三十五年・六十二歲	一月，〈睡美人〉連載開始。八月，獲得法國藝術文化勳章。
1961	昭和三十六年・六十三歲	一月，〈美麗與哀愁〉連載開始。十月，〈古都〉連載開始。十一月，獲得日本文化勳章。
1962	昭和三十七年・六十四歲	二月，因安眠藥戒斷症病發入院。十一月，以《睡美人》獲得每日出版文化獎。
1963	昭和三十八年・六十五歲	四月，日本近代文學館成立，擔任監事。八月，〈片腕〉連載開始。

年份	年號・年齡	事蹟
1964	昭和三十九年・六十六歲	六月，〈蒲公英〉連載開始。
1965	昭和四十年・六十七歲	十月，辭去擔任十八年的日本筆會會長一職。
1966	昭和四十一年・六十八歲	一月至三月，因肝臟炎入院。
1967	昭和四十二年・六十九歲	二月，為反對中國文化大革命並擁護學問藝術自由，與石川淳、三島由紀夫等人發表聲明。四月，日本近代文學館開館，擔任榮譽顧問。
1968	昭和四十三年・七十歲	十月，以〈雪國〉、〈千羽鶴〉及〈古都〉等作品獲得諾貝爾文學獎，為首位獲此殊榮的日本人。十二月，於瑞典學院發表「我在美麗的日本」紀念演講。
1969	昭和四十四年・七十一歲	一月，自歐洲歸國。四月，成為美國藝術暨文學學會的榮譽會員。五月，於夏威夷大學發表紀念演講。
1970	昭和四十五年・七十二歲	六月，出席臺灣臺北舉辦的亞洲作家會議，並發表演講。十一月，三島由紀夫切腹自殺。
1971	昭和四十六年・七十三歲	十二月，擔任日本近代文學館的榮譽館長。
1972	昭和四十七年・七十四歲	三月，因急性盲腸炎住院，同月出院。四月，於逗子的工作室開煤氣自殺。

國家圖書館出版品預行編目資料

少年 / 川端康成 著；黃詩婷 譯. --
初版. -- 臺北市：皇冠文化出版有
限公司, 2023. 01
224 面；21×14.8 公分. -- (皇冠叢
書；第5067種)(大賞；143)
譯自：少年

ISBN 978-957-33-3973-1 (平裝)

861.57　　111020684

皇冠叢書第5067種
大賞　143

少年

作者—川端康成
譯者—黃詩婷
發行人—平雲
出版發行—平裝本出版有限公司
台北市敦化北路120巷50號
電話—02-27168888　郵撥帳號—15261516號
皇冠出版社（香港）有限公司
香港銅鑼灣道180號百樂商業中心 19字樓1903室
電話—2529-1778　傳真—2527-0904
總編輯—許婷婷
責任編輯—蔡承歡　美術設計—嚴昱琳　行銷企劃—蕭采芹
著作完成日期—1952年　初版一刷日期—2023年1月

法律顧問—王惠光律師

讀者服務傳真專線—02-27150507　電腦編號—506143
ISBN 978-957-33-3973-1
Printed in Taiwan
本書特價—新台幣299元/港幣100元

皇冠讀樂網　www.crown.com.tw
皇冠 Facebook　www.facebook.com/crownbook
皇冠 Instagram　www.instagram.com/crownbook1954/
皇冠蝦皮商城　shopee.tw/crown_tw